書下ろし

とろけ桃

睦月影郎

祥伝社文庫

目次

第一章　義姉《あね》の香りに包まれて

一

（うわ、すごい絵だ……。そうか、こうなっているのか……）

祐二郎《ゆうじろう》は、義父の蔵書の中から春本を見つけ、艶《なま》めかしい裸体画や陰戸《ほと》の絵に目を凝《こ》らした。

藩の勘定方である義父、吉井源之介《よしいげんのすけ》は実に頭脳明晰《ずのうめいせき》ということで、多くの学書が揃《そろ》っているが、数年前に妻を亡《な》くしてからは、とみに好色になったとの噂《うわさ》通り春本もまた多くあったのだった。

祐二郎は十八歳、まだ吉井家の養子になって半月足らずだった。

旧姓は野川《のがわ》で、ここ武州《ぶしゅう》にある岩槻《いわつき》藩の最下級武士だったが、藩校の成績が良くて源之介に認められた。

まずは、異例の抜擢《ばってき》と言えよう。野川家でも大喜びで祐二郎を送り出し、彼も次期勘定方の道が約束されたのだった。

しかし源之介と亡妻の間に、子が無かったわけではない。

一人娘で二十歳《はたち》になる、貴枝《きえ》がいた。

彼女は六尺（一八〇センチ）近くある長身で、幼い頃から剣術の才能を開花させて今では藩の剣術指南役。まして父親の女狂いの癖を嫌って道場に住み込み、家とは絶縁状態となっていたのだ。

源之介の意向としては、いずれ祐二郎が貴枝と一緒になってくれるのが望ましく、それがどうしても無理なら他から妻をもらって良いから、よく話し合ってくれとのことであった。

だから祐二郎としては、単なる養子か婿《むこ》養子なのか、判然としないまま日々を過ごしていたのである。

何しろ話し合おうにも、貴枝は家に寄りつかない。

以前は祐二郎も藩校の道場で、貴枝に剣術の稽古《けいこ》をつけてもらったことがあるが、彼女は弱い男は大嫌いのようだ。

祐二郎は小柄で色白。剣術は大の苦手で非力だった。

得意なのは学問と、最近病みつきになった手すさびだけである。

日に二度三度と熱い精汁を放出しないと眠れないほど、小柄な身体《からだ》に似合わず淫気《いんき》が強かった。

実家にいる頃は、まだ下に二人の弟がいるし、狭《せま》い家でむさ苦しく過ごしていたので、厠《かわや》さえ落ち着けなかったほどである。それが今は、いっぱしの屋敷で、自分の部屋もあり、まして春本の数々を見つけてしまったのだ。

とにかく、まだ見たこともない女体のあれこれの絵を見ながら、抜いてしまおうと思ったが、外はすっかり日が落ちていた。

源之介は、今日は藩の重臣たちの寄り合いがあると、城下の料亭に行っている。

女中も置かず、というより四十になる源之介が手を出すので居着かず、貴枝も来ないので祐二郎は一人で自炊して湯漬けでも食うしかなかった。

まずは質素な夕餉《ゆうげ》を終えてから、自室の行燈《あんどん》で春画を見ようと、彼は厨《くりや》に行って漬け物で冷や飯をかき込んだ。

と、その時である。

玄関から誰かが入ってきて、どたどたと足音も荒《あら》く厨に顔を出した者がいた。

「祐二郎！　呑気《のんき》に飯を食っている場合か！」

頭ごなしに怒鳴《どな》ったのは、義姉の貴枝である。

黒髪を後ろで束ね、眉《まゆ》が吊《つ》るほど引っ詰めて長く垂《た》らし、颯爽《さっそう》たる美貌の男装、野袴《のばかま》の腰には大小を帯びている。

「な、何事でしょうか……」

飯を食い終えた祐二郎は、慌《あわ》てて水を飲み、たいそうな剣幕の義姉に訊《き》いた。

「すぐに袴を穿《は》いて出かける仕度《したく》をしろ！　父上が殺された！」

「何ですって……？」

貴枝の言葉に、祐二郎は呆然《ぼうぜん》と聞き返した。

「エエイ、急げ！」

思い切り頬《ほお》を張られ、祐二郎は慌てて立ち上がった。頬の痛みに頭をぼうっとさせながら自室に駆《か》け込み、急いで着流しの上から袴を穿き、大小を手に玄関へと行くとすでに貴枝も外に出ていた。

彼を認めると、すぐにも貴枝は早足で進みはじめ、祐二郎も仔細《しさい》を訊く暇《ひま》もなく懸命に小走りに従うばかりだった。

何しろ脚の長さが違う。彼より頭一つ高い義姉は大股《おおまた》に歩み、祐二郎は必死に息を切らして走った。それでも武家屋敷の連なる一角を抜け、大通りの城下に入ると、彼にも行き先が分かってきた。

寄り合いのあった料亭だろう。道場の老師範も寄り合いに出席しており、それを貴枝が迎えに行ったからのようだった。

先に貴枝が報《しら》せを知ったのは、道場の老師範も寄り合いに出席しており、それ
料亭に着くと、貴枝はずんずんと勝手に奥へ入ってゆき、祐二郎もあとからついていった。店内は騒然としており、他の客は帰され、役人たちや検視の医師も来ているようだった。

「やはり、駄目《だめ》でしたか……」

「おお、貴枝殿」

武士たちが集まっているところへ行って貴枝が言うと、重臣たちも道を空けて彼女に声をかけてきた。やはり勘定方の一人娘、しかも藩の剣術指南役ということで誰もが彼女を知っているようだ。

そのてん下級藩士からいきなり養子に入った祐二郎は、偉い人たちばかりで誰が誰やら分からず、隅《すみ》でおろおろするばかりだった。

座敷には源之介が寝かされて目を閉じ、頭には布が巻かれ、医師が検視を終えたところのようだった。

(酔って転んだ事故か？　いや、義姉上《あねうえ》は殺されたと言っていたが……)

祐二郎は思ったが、貴枝が周りの人たちからつぶさな話を聞いていたから、彼にも次第に概要が呑《の》み込めるようになってきた。

寄り合いも済んで酒の席になり、源之介は厠へ立った帰り道、廊下で可憐《かれん》な女中に言い寄り、口吸いでもしようとしたのだろう。しかし彼女の悲鳴で板前の男が飛んできて二人を引き離した。

そして押された拍子に源之介は縁側から転げ落ち、庭石で頭を打ち、呆気《あっけ》なく事切れてしまったのである。

二十歳になる板前は清次《せいじ》。彼は源之介の懐中にあった財布《さいふ》を奪《うば》い、呆然とする女中で十七になる咲《さき》を連れて料亭を飛び出していったという。

一部始終は、他の女中が見ていたようだ。

「何と不様《ぶざま》な……！」

貴枝が唇を噛《か》み、吐き捨てるように言った。

「案ずるな。すぐにも追っ手を差し向けた。間もなく捕らえるだろう」

「いいえ。武士ともあろうものが町人に突き飛ばされただけで簡単に死ぬとは……」

貴枝は、父親の死よりも不名誉に悔《くや》し涙を滲《にじ》ませて言った。

「いや、財布を奪ったのだから、清次の方に以前より含みがあったのやも知れぬ」

重臣たちが、彼女を慰《なぐさ》めるように言う。

やがて源之介の遺体は戸板に乗せられ、まずは家へ帰されることになった。

そのとき庭から若侍たちが入って来て報告した。

「舟で逃げられました。たいそうな櫓《ろ》の使いようで」

「なに、取り逃がしたのか！」

重臣たちも色めき立ち、とにかく今後の対策の場を藩邸に移そうということになった。貴枝もそちらへと赴《おもむ》き、祐二郎は若侍たちと一緒に源之介を屋敷へと運ぶ方に回った。

そして帰宅すると、すでに報せを受けていた親戚の者たちが来て通夜の仕度をしてくれ、祐二郎の野川家からも父と兄が来てくれた。

みな突然のことに言葉もなく、祐二郎もまた何をして良いか分からず、今後への不安ばかり湧《わ》き上がってきた。

貴枝が帰ってきたのは、もう五つ半（午後九時頃）を回った頃だった。

「祐二郎、来い」

貴枝に呼ばれ、祐二郎は通夜の席を立って彼女の部屋に行った。

「はい」

「明日、ともに江戸へ発《た》つ。仇討《かたきう》ちの旅が始まるぞ」

「え……？　なぜ江戸だと」

「以前より、清次は江戸に行きたいと漏《も》らしていたようだ」

貴枝が言う。

清次は、十八の歳まで山で伐採した木材を筏《いかだ》で流す仕事に就《つ》いていた。それで櫓の扱いが巧《たく》みだったのだろう。

そして板前修業二年になる清次は、以前より咲に恋心を抱き、金を貯めたら一緒に江戸へ出ようと誘っていたらしい。江戸では、咲の遠縁が料理屋をやっているようなのだ。

咲は両親が無く、農家に間借りして畑仕事を手伝っていたが、やはり二年前から料亭で働くようになっていた。

咲の亡き両親は、江戸から駆け落ちしてきたようだ。

そして二人とも、狭い城下よりも、華やかな江戸に思いを馳《は》せるようになっていたのだろう。

岩槻は水路が多く入り組み、江戸に通じている川もある。

そうしたことから、二人が江戸へ向かったことは間違いないようだった。

「町人相手の仇討ちなど不名誉なことだ。しかし、それを果たさねば、お前は勘定方には就けまい」

貴枝は、また口惜《くちお》しげに言った。二人が本懐を遂《と》げるまで、勘定方は代理の者が行なうようだ。そして源之介の葬儀も親戚に任せ、貴枝と祐二郎は明朝にも岩槻を発つことになったのである。

二

「義姉上は、丸腰の町人を斬る気ですか……」

翌日の早朝、吉井家を発った祐二郎は、先を行く貴枝に言った。

まだ明け七つ（午前四時頃）だ。それでも通夜の席にいた親戚たちが朝餉の仕度をしてくれ、握り飯も持たせてくれた。

そして貴枝の懐中には、藩からの認可状と支度金も入っていよう。

貴枝と祐二郎は、源之介の亡骸《なきがら》に手を合わせ、早々に出て来たのである。

「そのようなことはしない」

貴枝が振り返り、怖い眼で答えた。

「とにかく清次を捕縛し、国許《くにもと》に連れ帰る。あとの裁きは上に任せるつもりだ」

「そうですか……」

それを聞き、祐二郎も少し安心した。

「何とか、助からないでしょうか」

「父の敵《かたき》を助けたいか。まあ、私も悪いのは父の方と思っている。突き飛ばされたぐらいで死ぬのは迷惑だ。清次が奪った金も、財布に入っていた二両ばかりのものだろう。ただ藩士の面目がある」

「はあ」

「どちらにしろ清次を生け捕りにする。そうしなければ、私もお前も国許には戻れぬのだ」

貴枝は言い、また前を向いてズンズンと歩きはじめた。

彼女にしてみれば、相手が町人というのが物足りないのだろう。これで屈強な武士が相手なら、さらに熱が籠《こ》もったに違いない。

まあ、だからこそ祐二郎も内心では気が楽なのだった。町人が相手なら、探し出しさえすれば貴枝が難なく捕らえるだろうし、血も見なくて済む。自分の出番などないし、それに長年憧《あこが》れた江戸が見られるのだ。

確かに、養子に入ったばかりの義父の死は衝撃であった。しかしまだ腹を割って話し合ったことすらなく、逆に親しくもなかったのだ。

勘定方の職務については、祐二郎がどうこう言える立場ではないので、上が良いように計らうだろう。

苛《いら》ついている義姉は恐いが、父の不甲斐《ふがい》なさに腹を立てつつ、武士としての役割を果たそうと躍起《やっき》になっている。あるいは、自分より弱い藩士たちを相手にする稽古の日々より、此度《こたび》の変化で自らを鼓舞《こぶ》しているのかも知れない。

とにかく二人は、岩槻から日光《にっこう》御成道《おなりみち》を南下した。むろん二人とも、領内を出るのは初めてのことだった。

貴枝は、今日のうちに江戸藩邸へ行く勢いである。祐二郎も懸命についていったが息が切れ、脚が強《こわ》ばり、どこかで一泊したいところだった。

やがて大門《だいもん》を過ぎ、鳩《はと》ヶ谷《や》へ向かう途中で昼餉にして握り飯を食い、竹筒の水も補充した。

「父から、私のことは何か聞いていたか？」

木陰で休みながら、貴枝が言う。

「はあ、二人が良ければ夫婦になり、義姉上の意に染まねば他から嫁をもらえと」

「お前はどうなのだ。こんな大女と夫婦になる気があるか」

貴枝が、また挑《いど》むようなきつい目で祐二郎を見据《みす》えて言った。恐いが美しいし、剣術の稽古がなければ、一緒にいるのは嫌ではなかった。

「義姉上さえよろしければ……」

「ふん、御免《ごめん》だ。私は此度の一件が済めば、もう吉井家と縁を切る。清次を連れ帰るのは、今後気ままにするためのけじめだ」

言うなり貴枝は立ち上がり、また地面に食いつくような早足で歩みはじめた。

祐二郎も慌てて追い、やがて鳩ケ谷の宿を越え、さらに川口《かわぐち》へと向かった。

しかし、次第に貴枝の歩調が衰《おとろ》えてきた。疲れたか、あるいは祐二郎に合わせてくれはじめたのかと思ったが、

「ああ……」

と、いきなり貴枝が声を洩《も》らし、よろけたまま草の上に倒れ込んでしまったで

はないか。

「どうしました、義姉上！」

祐二郎は驚いて屈《かが》み込み、貴枝を抱き起こした。全身が火照《ほて》って息が荒い。あるいは前日から感冒《かんぼう》で具合が悪く、ずっと気を張っていたのかも知れない。額《ひたい》に手を当てるとたいそうな熱だ。お家の大事ということで、ずいぶん我慢していたのだろう。

「ええい、触るな。自分で起きる」

貴枝が彼の手を振り払って言ったが、何とか支えながら起こした。すると貴枝も気丈に一人で歩きはじめた。

だいぶ日も傾《かたむ》き、この歩調では川口で宿を取るしかないようだった。

「口惜しい、あと少しで江戸というのに……」

貴枝は歯嚙みしながら、ようやく日暮れまでに川口の宿に着き、仕方なく旅籠《はたご》に入った。

「すぐ横になりたい」

貴枝が言い、足も洗ってもらわず上がり込んだ。

そして祐二郎と二人、二階の一室に案内された。宿の者は、みな男の二人連れと思ったらしい。

すぐ床《とこ》を敷《し》き延《の》べてもらうと、貴枝は大小を置いて袴と足袋《たび》を脱ぎ、襦袢《じゅばん》姿で横になってしまった。

祐二郎は盥《たらい》に水をもらい、濡《ぬ》れ手拭《てぬぐ》いを貴枝の額に乗せて様子を見守った。

それでも夕餉が運ばれてくると、貴枝はようよう身を起こして腹に納め、またすぐ横になった。

「構うな。朝までには癒《い》える」

言われて、祐二郎も食事を済ませると宿の浴衣《ゆかた》に着替え、自分だけ階下に降りて手早く湯を使った。湯殿は男客が先に使い、女は後回しだから、しばらくは空かないだろう。

もっとも貴枝は起きられそうにない。

心配なので、早めに部屋に戻ると、僅《わず》かの間にも室内には甘ったるく濃厚な女の匂《にお》いが立ち籠めていた。

いかに男勝りの剣術使いでも、やはり生身の女なのだ。

貴枝は少々苦しげな寝息を立て、ぐっすり眠り込んでいた。だいぶ汗をかいているので、襦袢を脱がせて拭《ふ》き、浴衣に着替えさせてやりたい。

そう思った途端、祐二郎の一物がムクムクと激しく鎌首をもたげてきた。

何しろ、これほど長く女に接しているのは生まれて初めてなのだ。

相手は姉とは言え義理、しかも可能性は低いが、あるいは妻になる女かも知れないのである。

確かに大女と小柄な男の夫婦では彼女も外聞が悪いだろう。しかし祐二郎は、彼女さえ構わなければ、貴枝と一緒になることは申し分なかった。

とにかく脱がせようと思い、祐二郎は貴枝ににじり寄った。

まずは額の手拭いを替えてやり、帯を解いてシュルシュルと注意深く抜き取り、襦袢の前を開いた。

すると、張りのありそうな乳房が現れ、甘ったるい匂いがさらに濃く立ち昇った。

それほど豊かではないが形良く、乳首も乳輪も初々《ういうい》しい薄桃色をしていた。

当然ながら、まだ生娘《きむすめ》である。

胸元にはポツポツと汗の雫《しずく》が浮かび、さらに彼は貴枝の身体を浮かせて腕を縮《ちぢ》めさせ、苦労して襦袢を引き脱がせた。

股間は、彼女は男のような下帯を締めていたが、これも解けばすぐに引き抜くことが出来、たちまち義姉は一糸まとわぬ全裸になってしまった。

腹部は引き締まって筋肉が浮かび、股間の翳《かげ》りは淡《あわ》く、スラリと長い脚は逞《たくま》しく、肩と二の腕も筋肉が発達していた。

少々身体を動かしても、貴枝の昏睡《こんすい》状態は続いていた。

初めて見る全裸の女体にゴクリと生唾《なまつば》を飲み、祐二郎は手拭いを手にした。

まずは汗ばんだ首筋から肩、胸をそっと拭いてやったが、擦《さす》っても貴枝の寝息が乱れないので、屈み込んで乳首を舐《な》めてしまった。

貴枝の反応はない。

さらに胸元の汗の雫を舐め、淡い味わいに興奮した。そして胸を拭いてから腕を差し上げ、腋《わき》の下にも顔を寄せた。

淡い腋毛が汗に湿り、鼻を埋《うず》め込んで嗅《か》ぐと、甘ったるい体臭が濃厚に鼻腔《びこう》を刺激してきた。

(これが、女の匂い……)

祐二郎は思い、いかに男のように振る舞っていても、汗の成分や匂いは男とは違う女のものなのだと実感した。

そして上半身の汗を拭き清めてやり、祐二郎は貴枝の下半身へと移動した。

引き締まった腹を拭き、そっと臍《へそ》を舐め、腰から脚を手拭いで擦ってやった。

太腿《ふともも》は硬く逞しく、脛《すね》には野趣溢《あふ》れる体毛があり、祐二郎は舌を這《は》わせながら興奮を高めた。

そして足裏へと回り込むと、さすがに道場の床を踏みしめているだけあり、大きく逞しかった。

舌を這わせ、太くしっかりした指の間に鼻を押しつけて嗅ぐと、そこは汗と脂《あぶら》にジットリ湿り、蒸《む》れた匂いが濃く沁《し》み付いていた。

祐二郎は彼女を起こさぬようそっと爪先《つまさき》をしゃぶり、汗の味を堪能《たんのう》し、両足とも嗅いでから拭き清めてやった。

そしていよいよ貴枝の脚を開かせ、股間へと顔を進めていったのだった。

三

（すごい……、春画の陰戸とは違う……）

祐二郎は、貴枝の股間に見とれながら興奮に息を呑んだ。

股間の丘には楚々《そそ》とした恥毛がふんわりと淡く茂《しげ》り、割れ目からはみ出す花びらをそっと指で広げると、襞《ひだ》を入り組ませて息づく膣口が見えた。

さらに柔肉にポツンとした尿口の小穴も確認でき、ここまではほぼ春画の通りであった。

しかし包皮を押し上げるように突き立ったオサネが、春画では小豆《あずき》ほどの大きさと書かれていたのに、貴枝は親指の先ほどもあって大きく、まるで幼児の一物ほどだったのである。

もちろん光沢があって艶めかしく、これだけ大きなオサネなら幼い頃に自分を男と勘違いしたのではないかと思った。

祐二郎は目を凝らし、股間に籠もる熱気と湿り気を顔中に感じながら、とうとう吸い寄せられるように顔を埋め込んでしまった。

柔《やわ》らかな茂みに鼻を擦りつけて嗅ぐと、甘ったるい濃厚な汗の匂いに混じり、ほのかなゆばりの匂いも感じられ、悩ましく鼻腔を刺激してきた。

（ああ……、女の匂い……）

祐二郎は義姉の体臭に酔いしれながら、何度も嗅いで胸を満たした。

若い藩士たちに恐れられている美貌《びぼう》の武芸者の股間に、誰より弱い自分が顔を埋めているなど、誰が信じるだろう。

彼は匂いを貪《むさぼ》りながら舌を這わせ、膣口の襞から柔肉を舐め回した。汗かゆばりか判然としない味わいが感じられ、そのまま大きなオサネまで舐め上げていくと、

「あ……」

貴枝が小さく声を洩らし、ビクリと下腹を波打たせた。

祐二郎は舌を引っ込めて息を潜《ひそ》め、手拭いを手にした。もし目覚めたら、拭いている最中を装《よそお》うつもりだった。

しかしじっとしているうち、貴枝の寝息が平静に戻っていった。

再びオサネに触れると、また内腿がピクンと震え、柔肉の味わいが淡い酸味に変化し、生ぬるいヌメリが増してきたように思えた。

やはり、これだけ頑丈で健康な肉体をしていても、最も敏感な部分に触れられると濡れてしまうものなのだろう。

あるいは春本に書かれていたように、女も自分の指で慰め、快楽を知っているのかも知れない。

しかし、あまり長いとさすがに目を覚ましてしまうだろう。

祐二郎は陰戸の形と味、匂いを記憶に焼き付け、ようやく顔を上げて拭き清め

てやった。

すると貴枝が眠りながらゴロリと横向きになり、身体を丸めた。感じる部分を刺激され、無意識に防御の体勢を取ったのかも知れない。

そのため背中も拭くことが出来、祐二郎は突き出された尻に顔を迫らせた。拭きながら刺激に慣れさせ、そっと指を当てて谷間をムッチリと開くと、奥には薄桃色の蕾《つぼみ》がひっそり閉じられていた。

陰戸よりずっと可憐な形状に思わず見惚《みと》れ、彼は蕾に鼻を埋め込んでいった。

顔中に双丘が密着し、蕾には淡い汗の匂いが籠もり、それに混じって秘めやかで生々しい微香も感じられた。

祐二郎は鼻腔を刺激されて興奮を高め、舌を這わせて息づく襞を味わった。

「く……」

貴枝が小さく呻《うめ》き、くすぐったそうに尻をくねらせた。

ようやく顔を起こし、肉体のほとんどを味わった祐二郎は、全身を拭き清めてから乾《かわ》いた浴衣を着せてやった。

「義姉上、さあ、着て下さい……」

囁《ささや》きながら袖《そで》を通させ、仰向《あおむ》けにさせ、身体を浮かせて反対側の腕も入れ、何とか襟《えり》を掻《か》き合わせた。そして帯を通して結んでやり、もう一度額の手拭いを漱《すす》いで乗せてやった。

貴枝は朦朧《もうろう》としたまま、最後まで目を開けることはなかった。

いつもは怖い眼も、閉じられると案外睫毛《まつげ》が長かった。祐二郎も、この際だからと美しい義姉の顔をまじまじと見つめた。

形良い唇が僅かに開き、ヌラリと光沢ある歯が、隙間《すきま》なく頑丈そうにキッシリと並んでいた。

その間から熱く湿り気ある息が洩れ、鼻を寄せて嗅ぐと、唇で乾いた唾液の香りに混じり、花粉のように甘い匂いが濃厚に鼻腔を刺激してきた。だいぶ口の中が乾き、匂いが濃くなっているようだ。

嗅ぐたびに、その刺激が胸に沁み込み、さらに一物へと伝わっていった。

祐二郎は水差しの水を少量口に含み、そっと唇を重ねて舌を這わせ、湿り気を与えてやった。

柔らかな感触とともに唇が密着し、舌先が硬い歯並びに触れた。

「ンン……」

貴枝が熱く鼻を鳴らし、歯を開いて舌を触れ合わせてきた。

反射的に、祐二郎の口に残っていた唾液混じりの水が注《そそ》がれ、それを貴枝はコクンと飲み込んだ。

そして再び規則正しい寝息に戻ったので、ようやく祐二郎も義姉から離れた。

どうせ情交までは出来ないのだから、あらゆるところを味わった思いを胸に、そっと自分で処理するしかないだろう。

彼は裾《すそ》をまくって勃起した一物を握り、並んで布団《ふとん》に横たわり、貴枝の横顔を見つめながらしごきはじめた。

「祐二郎。入れて良い……」

すると、貴枝が口を開いたのである。

「え……？」

祐二郎はビクリと動きを止め、驚いて見ると、貴枝は仰向けのまま目を閉じていた。

「さあ早く。私は今熱に浮かされて何も知らぬ……」

譫言《うわごと》ではなく、はっきりした声である。

「お、お気づきだったのですか……」

祐二郎は恐る恐る言い、半身を起こした。すると貴枝が仰向けのまま僅かに両膝《ひざ》を立てて、裾を開いたのだ。

起きているならと、彼は再び義姉の股間に顔を潜《もぐ》り込ませ、今一度味と匂いを貪って舌を這わせた。するとさっきより、淡い酸味のヌメリがずっと多く湧き出していたではないか。

「アア……、そのようなことしなくて良い。早く入れて。どのようなものか知ってみたい……」

貴枝が言い、祐二郎も身を起こし、股間を進めていった。

本当に入れて良いのだろうか。貴枝の言葉だって、はっきりしていたとはいえ、熱で朦朧としていただけかも知れないのだ。

しかし彼女は股を開いて淫水を漏らして、すっかり受け入れ体勢を取り、期待に胸を弾《はず》ませていた。

そして祐二郎の淫気も、もう後戻りできなくなっていた。

そのまま腰を進め、急角度にそそり立った幹に指を添えて下向きにさせ、先端を濡れた割れ目に擦りつけた。

「ああ……」

貴枝が熱く喘《あえ》ぎ、胸元をはだけさせ、自ら乳房を揉《も》みしだいた。

先端にヌメリを与えながら位置を探ると、貴枝も僅かに腰を浮かせて膣口に誘導してくれた。

「そこ……」

彼女が小さく言うと、祐二郎もグイッと股間を押しつけた。

すると張りつめた亀頭がズブリと嵌《は》まり込み、あとは力など入れなくてもヌルヌルッと滑《なめ》らかに根元まで吸い込まれていった。まるで肉襞が蠢《うごめ》き、捕らえた獲物を離さぬかのようだった。

「アアッ……！」

貴枝がビクッと顔を仰《の》け反《ぞ》らせて喘ぎ、彼も深々と押し込んで股間を密着させ、温《ぬく》もりと感触を嚙み締めながら身を重ねていった。

肉襞の摩擦《まさつ》は何とも心地よく、ヌメリと締め付けで今にも果てそうだった。

奥歯を嚙んで暴発を堪《こら》え、さっきは遠慮してよく味わえなかった左右の乳首を交互に含んで舌で転がした。

「ああ……、気持ちいい……、突いて……」

「痛くありませんか……」

「大事ない。強く奥まで……」

貴枝が言い、待ちきれないようにズンズンと股間を突き上げてきた。あるいは指の挿入による自慰にも慣れているのかも知れない。

祐二郎はぎこちなく腰を前後させ、あまりの快感に危うくなると動きを止め、また再びそろそろと律動した。

ヌメリも豊富で、次第に動きが滑らかになって、クチュクチュと湿った摩擦音が淫《みだ》らに響いてきた。

「アア……、いい……」

貴枝も次第に息を荒くし、下から両手を回して彼の顔を引き寄せ、ピッタリと唇を密着させた。

祐二郎は今度こそネットリと舌をからませ、美女の唾液と吐息に酔いしれながら、とうとう昇り詰《つ》めてしまったのだった。

四

「く……、義姉上……！」

祐二郎は突き上がる大きな快感に口走りながら、熱い大量の精汁をドクンドクンと勢いよく内部にほとばしらせた。

「あう……、熱い……、出ているのだな……、アアッ……！」

噴出を感じた貴枝が呻き、呑み込むようにキュッキュッと締め付けてきた。

そして身を弓なりに反らせ、彼を乗せたままヒクヒクと腰を跳《は》ね上げた。どうやら彼女も気を遣《や》ってしまったらしい。

祐二郎は股間をぶつけるように突き動かし、摩擦快感を味わいながら、心置きなく最後の一滴まで出し尽《つ》くしていった。

すっかり満足して徐々に動きを弱めていくと、

「ああ……」

貴枝も小さく声を洩らし、逞しい全身の強ばりを解いて、グッタリと身を投げ出していった。

まだ膣内は収縮を繰り返し、刺激されるたび一物がヒクヒクと過敏に内部で跳ね上がった。そして祐二郎は義姉にもたれかかり、熱く甘い口の匂いを嗅ぎながら、うっとりと快感の余韻《よいん》に浸《ひた》り込んだのだった。

(とうとう女を知ったんだ……)

祐二郎は感激を嚙み締めたが、いつまでも病人に乗っているわけにいかない。

そろそろと股間を引き離して身を起こすと、懐紙で手早く一物を拭い、貴枝の股間に潜り込んで陰戸を拭ってやった。

生娘だったろうに出血はなく、精汁の逆流する膣口は満足げに息づいていた。

そして彼は貴枝の裾を整え、搔巻《かいまき》を掛けてやった。

「祐二郎、忘れろ。これは夢だ」

「は、はい……」

貴枝に頷《うなず》き、祐二郎も横になった。

悦《よろこ》びと感激の余韻に、いつまでも胸の動悸《どうき》が治まらなかったが、それでもさすがに疲れていたのだろう。やがて彼も深い睡《ねむ》りに落ちていったのだった……。

——どれぐらい眠ったのか、気がつくと窓の外がうっすらと白んでいた。

祐二郎は暗い部屋の中で気配と違和感を覚え、そっと股間を窺《うかが》った。

すると何と、貴枝が彼の裾を開き、大股開きにさせて股間に腹這い、顔を寄せていたのである。

（あ、義姉上……）

祐二郎は驚きに声が出せず、身を強ばらせていた。

眠っている間に、さんざん観察され、いじられたのだろう。一物は雄々《おお》しく屹立《きつりつ》していた。

貴枝は舌を伸ばして先端を舐め、そのまま亀頭にしゃぶり付いてきたのだった。

熱い息が恥毛をそよがせ、貴枝はスッポリと喉《のど》の奥まで呑み込み、口で幹を丸く締め付けて吸い、内部ではクチュクチュと舌が蠢いていた。

「ああ……」

祐二郎は唐突な快感に喘ぎ、朝立ちの勢いのまま急激に高まっていった。

一物に感じる快感以上に、美しい貴枝が大胆にしゃぶり付いているという状況が興奮を高めた。

しかも貴枝は顔全体を小刻《こきざ》みに上下させ、唾液に濡れた口でスポスポと強烈な摩擦を繰り返してきたのである。

「い、いけません、義姉上……、アアッ……！」

祐二郎もさすがに彼女の口を汚してはいけないと思って口走ったが、貴枝は濃厚な愛撫《あいぶ》を止《や》めなかった。

たちまち彼は、全身が美女のかぐわしい口に含まれ、生温かな唾液にまみれ舌で転がされているような快感に全身を貫かれてしまった。

同時に、ありったけの熱い精汁がドクドクと勢いよくほとばしり、貴枝の喉の奥を直撃した。

「ク……、ンン……」

噴出を受け止めた貴枝は小さく呻き、なおも吸引と舌の動きを続行してくれた。

「ああ……、き、気持ちいい……」

祐二郎は腰をよじりながら喘ぎ、とうとう最後の一滴まで出し尽くしてしまった。

魂《たましい》まで吸い取られた思いで、グッタリと身を投げ出すと、ようやく貴枝も動きを止め、亀頭を含んだまま口に溜《た》まった精汁をゴクリと一息に飲み干してくれた。

「く……」

嚥下《えんげ》とともに口腔がキュッと締まり、彼は駄目押しの快感に呻いた。

そして貴枝がスポンと口を引き離し、なおもしごくように幹を握りながら、鈴口から滲む余りのシズクまで執拗《しつよう》に舐め取ってくれた。

「あうう……、ど、どうかもう……」

祐二郎は過敏に反応し、クネクネと身悶《みもだ》えながら降参した。

貴枝も舌を引っ込め、ヌラリと淫らに舌なめずりしながら身を起こした。

「あ、義姉上……、お加減は……」

祐二郎は余韻と脱力に起き上がれないまま、息を弾ませて訊いた。

「どうやら一夜で治ったようだ。迷惑をかけた」

「ああ、大丈夫なら安堵《あんど》いたしました……」

確かに貴枝は声に張りがあり、顔色も良くなっている。この分なら熱も下がったのだろう。

「さあ、そろそろ起きよう。昼には藩邸だぞ」

「はい……」

彼が答えると、貴枝は顔を洗いに部屋を出て行った。

祐二郎も呼吸を整えてようやく身を起こし、障子《しょうじ》を開けて外を見た。東天が明らみ鳥が鳴いている。初めての、国許以外で迎える朝だ。

貴枝も、昨夜は熱に浮かされるまま情交してしまったが、今朝は意識もはっきりしたまま、一物に好奇心を向けてきたようだ。

それでも、祐二郎に好意を持ちはじめたと思うのは早計だろう。様々なことがあって気持ちが不安定になっていたのだろうから、こちらから昨夜や今朝のことを口に出すのは控《ひか》えようと思った。

やがて祐二郎も階下へ降りて顔を洗い、二人して厨で朝餉を済ませた。

そして部屋に着替えに戻る頃には、すっかり日が昇りはじめていた。

貴枝が二人分の宿賃を払い、旅籠を出た。

祐二郎も、あまりに目眩《めくるめ》く体験の連続に、昨日の旅の疲れなども吹き飛んでしまっていた。

川口を出ると、昼前には本郷追分《ほんごうおいわけ》を過ぎ、そして日本橋《にほんばし》に着いた。

「すごい人だな……」

「ええ……、毎日が祭のようなのでしょう」

行き交う人々の群れに、二人は目を見張った。

老若男女の武士も町人もぶつからないように行き交い、大店《おおだな》が賑《にぎ》やかに軒《のき》を連ね、物売りも多く見受けられた。芝居小屋には色とりどりの幟《のぼり》が立ち、相撲取《すもうと》りの姿も見える。

こんな人混みの中で、清次と咲を探し出すことが出来るのだろうかと祐二郎は不安になった。

とにかく二人は人混みの中を縫《ぬ》い、道々で人に訊きながら、昼過ぎには神田《かんだ》の藩邸に到着したのだった。

貴枝が国許の書状を出して江戸家老に事情を話すと、二人に部屋が与えられて昼餉を振る舞われ、江戸の案内人も付けてくれた。

「雪江《ゆきえ》と申します。江戸市中には知った店も多いので、人捜しのお役に立てるかも知れません」

挨拶《あいさつ》に来た彼女は、矢絣《やがすり》を着た三十前後の腰元だった。色白で瓜実《うりざね》顔の美人だが、話を聞くと後家らしい。

元は神田の料亭の娘だったが、藩士に見初《みそ》められ、いったん上士の養女となってから晴れて夫婦になったが、夫は先年病死してしまったらしい。子は無く、今は厨で働く奉公人たちの世話役をしているようだった。

「吉井貴枝、これは弟の祐二郎です」

貴枝が言い、雪江は大柄な彼女が女だと知って少なからず驚いたようだ。しかし奇異な目を向けることもなく、二人から清次と咲の特徴を熱心に聞いた。

「なるほど、二十歳の板前と十七の女中ですね」

雪江は言ったが、祐二郎と貴枝は清次と咲に会ったこともないのだ。そこで、二人を知る重臣や料亭の者たちの描いた似顔絵も差し出した。

「なるほど、良い男に可愛《かわい》い娘ですね。昨日か今日江戸へ来たばかりなら、すぐに見つかるでしょう」

雪江が言う。

彼女は今も実家や、縁のあった町家などと交流もあり、岡っ引きなどにも知り合いがいるようだった。

「よろしくお願い致します」

「では、今日は休んで下さいませ。私は口入れ屋を当たって参りますので」

二人が頭を下げると、雪江は言っててきぱきと部屋を出て行った。

江戸へ来たばかりの清次と咲は、とにかく住み込みで働ける店を探すだろう。職探しに口入れ屋に寄ったのなら、すぐにも見つかりそうだった。

「では、お言葉に甘えて少し休みましょう。義姉上も、まだ無理なさらない方が」

祐二郎が言うと、貴枝も素直に頷いた。そして二人は、それぞれ与えられた部屋で少し休息したのだった。

五

「まだ見つからぬとは、やはり江戸は人が多いのだな」

夕餉を終え、雪江の報告を聞いてから貴枝が祐二郎の部屋に来て言った。

「ええ、明日からは私たちも町へ出向きましょう」

すでに寝巻姿の彼は答えたが、貴枝は出て行こうとしない。貴枝も寝巻姿で、どうにも彼女らしくもなく、モジモジとして言いたいことも口に出せないような風情《ふぜい》であった。

祐二郎は、どうも彼女が淫気を抱えて持て余しているのだろうと察した。

何しろ大柄で頑丈に出来ている女丈夫が、一度快楽を知ったことで、もう我慢できなくなっているのだろう。

何しろ初回から気を遣ったのだから、もう女としては完成され、祐二郎への愛着など関係なく、とにかく高まりを鎮《しず》めたいようだった。

「また、お舐めしてよろしいですか」

言うと、貴枝がビクリと身じろいだ。

「一夜の夢で済まそうと思ったのだが、どうにも身体が……」

「はい。構いません。何でも致しますので」

「言っておくが、夫婦の契《ちぎ》りではないぞ……」

「承知しております。お気になさらずご随意《ずいい》に」

「では」

貴枝は彼にも促《うなが》すよう言って、帯を解きはじめた。

祐二郎も寝巻を脱ぎ、たちまち二人は一糸まとわぬ姿になり、敷かれている布団に移動した。

貴枝が神妙に仰向けになり、見事な長身を投げ出した。

「昨日、眠っている私にしたように」

彼女が長い睫毛を伏せて言い、張りのある乳房を期待に息づかせた。

祐二郎も屈み込み、初々しい薄桃色の乳首にチュッと吸い付き、舌で転がしながらもう片方にも手を這わせた。

「く……」

貴枝が息を詰めて呻き、ビクリと肌を震わせた。

やはり江戸藩邸にいるのだから、大きな声は出せず、懸命に喘ぎを噛み堪えているようだった。

乳首はコリコリと硬くなり、祐二郎は執拗に舐めながら顔中を膨《ふく》らみに押し付けて感触を味わい、もう片方にも吸い付いていった。

左右の乳首を交互に含んで舐めると、貴枝は少しもじっとしていられぬようにクネクネと身悶え、熱い呼吸を弾ませた。

彼女の腕を差し上げて腋の下にも鼻を埋め込み、腋毛に沁み付いた汗の匂いを吸い込んだが、今日は湯浴みしてしまったから、やはり昨夜ほど濃厚な体臭は籠もっていなかった。

そのまま脇腹を舐め降り、引き締まった腹の真ん中に移動して臍を舐め、張り詰めた下腹に舌を這わせながら膝で股を開かせ、間に腹這いになった。

「ああ……、恥ずかしい……」

大股開きになった中心部に顔を寄せると、貴枝がヒクヒクと下腹を波打たせて小さく喘いだ。やはり熱に浮かされていた昨夜と違い、今宵《こよい》は意識もはっきりしているので激しい羞恥《しゅうち》を覚えるのだろう。

しかし羞恥以上に期待の方が大きく、割れ目は早くも大量の淫水にまみれていた。

祐二郎は滑らかな内腿を舐め、陰戸に迫っていった。

「ま、待て……、本当に舐めるのか……」

彼の熱い視線と息を感じ、貴枝が怖がるように声を震わせて言った。

「ええ、昨夜もそうしたのですから」

「嫌じゃないのか。ゆばりを放つ場所を舐めるなど……」

「嫌じゃありません。美しい義姉上がお望みのことですので」

祐二郎は股間から答え、茂みに鼻を埋め込んでいった。もちろん貴枝のものでなくとも、どの女の陰戸でも舐めたいのだが。

恥毛に鼻を擦りつけて嗅ぐと、汗とゆばりの匂いが鼻腔を刺激したが、これも昨夜ほど濃厚ではなかった。

それでも興奮しながら義姉の体臭を貪り、舌を這わせて淡い酸味のヌメリを感じながら、息づく膣口の襞から大きめのオサネまで舐め上げていった。

「ヒッ……！」

貴枝が声を上げ、慌てて手で口を押さえ、内腿でキュッときつく彼の両頬を挟《はさ》み付けてきた。

祐二郎はもがく腰を抱え込み、オサネを含んで吸い付きながら、舌先でチロチロと小刻みに舐め回した。すると格段に淫水の量が増し、貴枝の身悶えも激しくなっていった。

さらに彼女の脚を浮かせ、尻の谷間に鼻を埋め込み、蕾に籠もった微香を貪り、細かに震える襞に舌を這わせ、ヌルッと潜り込ませた。

「く……、そのようなこと……」

貴枝が呻きながら言い、モグモグと肛門で舌先を締め付けてきた。祐二郎は滑らかな粘膜を味わい、やがて再び陰戸に戻って大量のヌメリをすすり、オサネに吸い付いていった。

「も、もう堪忍《かんにん》……」

貴枝が女らしくか細い声で嫌々をし、彼を股間から追い出してきた。

祐二郎も充分に味と匂いを堪能してから身を離し、添い寝していった。

すると今度は貴枝が身を起こし、彼の股間に顔を寄せてきたのである。

「こんなに硬く……」

彼女は幹をやんわり握って囁き、舌を伸ばして鈴口から滲む粘液を拭い取り、そのまま亀頭にしゃぶり付いてきた。

「ああ……」

仰向けの祐二郎は、快感の中心を義姉に含まれて喘いだ。

貴枝もスッポリと喉の奥まで呑み込み、熱い息を籠もらせながら舌を這わせ、上気した頬をすぼめて吸い付いた。

そしてチュパッと口を離すと、ふぐりにも舌を這わせてきた。二つの睾丸を舌で転がし、さらに自分がされたように彼の脚を浮かせ、尻の谷間まで舐め回してくれたのである。

「い、いけません、そのようなこと、あう……！」

ヌルッと舌が潜り込み、祐二郎は呻きながらキュッと肛門で義姉の舌先を締め付けた。貴枝も舌を蠢かせてから彼の脚を下ろし、再び一物を含み、充分に舐めて生温かな唾液にまみれさせた。

「どうか、もう……」

祐二郎が絶頂を迫らせて言うと、彼女も口を離して身を起こしてきた。

すると貴枝は身を起こし、ためらいなく彼の股間に跨《また》がってきた。

幹に指を添え、自《みずか》らの唾液に濡れた先端に陰戸を押し当て、息を詰めてゆっくり腰を沈み込ませてきたのである。

亀頭が潜り込むと、あとはヌルヌルッと滑らかに根元まで呑み込まれてゆき、貴枝も完全に座り込んで股間を密着させた。

「アア……」

彼女は顔を仰け反らせて喘ぎ、一物を味わうようにキュッキュッと膣内を締め付けてきた。祐二郎も熱く濡れた肉壺に締め付けられ、挿入時の摩擦だけで果てそうになるのを必死に堪えていた。

やがて貴枝はゆっくり身を重ね、彼も両手を回してしがみついた。

「何と、心地よい……」

貴枝が、近々と顔を寄せて囁いた。痛みも最初からなく、今もすぐに果てそうな勢いで喘ぎ、腰を遣いはじめた。

溢れる蜜汁で、たちまち動きが滑らかになり、彼女が股間をしゃくり上げるように動かすたび、クチュクチュと湿った摩擦音が響き、彼のふぐりから肛門の方にまで淫水が伝い流れてきた。

祐二郎も快感に包まれながら、合わせてズンズンと股間を突き上げた。

「ああ……、もっと……」

貴枝が熱く喘ぎながら、上からピッタリと唇を重ねてきた。長い舌が潜り込むと、祐二郎も受け入れてヌラヌラとからみつけ、生温かくトロリとした唾液で心地よく喉を潤《うるお》した。

義姉の吐息は花粉のように甘い匂いを含み、昨夜ほど濃くはないが悩ましく鼻腔を刺激してきた。

口を吸われながら、もう堪らずに祐二郎は昇り詰めてしまった。

「く……！」

激しく股間を突き上げながら呻き、快感に包まれると同時に熱い大量の精汁を勢いよく内部にほとばしらせた。

「アアッ……、いい……！」

噴出を感じた途端に貴枝が口を離し、淫らに唾液の糸を引きながら喘いだ。そしてガクガクと狂《くる》おしく全身を痙攣《けいれん》させながら気を遣り、膣内の収縮も最高潮にさせていった。

祐二郎は心置きなく最後の一滴まで出し尽くし、徐々に突き上げを弱めていった。

「ああ……、気持ち良かった……」

貴枝も満足げに声を洩らし、肌の硬直を解きながらグッタリと力を抜いてもたれかかってきた。

収縮を繰り返す膣内で、一物がヒクヒクと過敏に震えた。

そして祐二郎は義姉の甘い吐息を嗅ぎながら、うっとりと快感の余韻を噛み締めたのだった……。

第二章　ふしだら後家の淫《みだ》ら蜜

一

「じゃ、ここへ入ってみましょう」

雪江に言われ、祐二郎は一緒に一軒の店に入って行った。

今日は朝から手分けし、神田界隈《かいわい》の口入れ屋や料亭を廻っていた。

祐二郎は雪江に案内され、貴枝は、雪江の知り合いの岡っ引きと一緒で、それぞれ分担していたのだった。

しかし中に入ると、そこは商家とは違うようだ。

二階に案内され、部屋に入ると、そこには二つ枕が並び、床《とこ》が敷《し》き延《の》べられていたのである。

「え？　ここは……？」

「待合です。少し休憩して、お話ししたいのですが」

祐二郎が驚いて室内を見回して言うと、雪江が答え、とにかく彼も要領を得ぬまま刀を置いて腰を下ろした。

「実はゆうべ、お話ししようと部屋まで行ったとき、見てしまったんです。本当のご姉弟《きょうだい》ではないのですね」

雪江が言う。

どうやら、祐二郎と貴枝の情交を見られてしまったようだ。

「そ、それは、場所もわきまえず失礼致しました……。義姉《あね》は吉井家の一人娘で、私は養子に入って半月なのです」

「まあ、ではご夫婦？」

「いえ、それは国許《くにもと》に戻ってから話し合うつもりですが、ご覧のように義姉は剣術一筋に鍛《きた》え上げているので、独り身を通すかも知れません。とにかく今は、まだ姉弟のままなのです」

「そうでしたか……。それにしても驚きました。互いの股《また》を舐《な》め合うなど……」

雪江は言いながら、思わずキュッと両膝《りょうひざ》を搔《か》き合わせた。

どうやら、覗《のぞ》いてすぐ引き返したのではなく、二人の行為の一部始終を見ていたようだった。

貴枝も武芸者として、通常ならば覗かれる気配を察したかも知れないが、何しろ病み上がりだったし、覚えたての快楽に夢中だったのだろう。

「お国許では、普通にすることなのですか？」

「い、いえ、互いに無垢《むく》だったので手探りです……」

「そう……、私などは、亡《な》き夫に見初《みそ》められてお武家へ嫁ぎましたが、そのようなことは一度も……」

雪江が、色白の頬《ほお》をほんのり染めて言う。あるいは昨夜、覗きながら自分で慰《なぐさ》めてしまったのではないかとさえ思えた。

「そうなのですか。では雪江さんも、一物をお口で可愛《かわい》がったことは？」

「ありません。一度も。ただ、抱き合って口吸いをして、少しお乳に触れられたら交接するだけです」

雪江の言葉に、一般の武家はそんなに詰《つ》まらないのだろうかと祐二郎は思った。

反面、美しく気品ある後家とこうした話題で密室にいるというのが興奮をそそり、もっと突っ込んだ話をしたくなった。

「それでは、あまり濡《ぬ》れてもおらず痛かったでしょう」

「それは、最初はたいそう痛かったですが、そのうち心待ちにするようになれば、それなりに潤《うるお》いも……」

雪江はモジモジしながら答え、心なしか呼吸も弾《はず》んできたようだった。

「でも、私は江戸から回ってきた春本を読み、股を舐めるような行為も多く載っていましたが」

「それは絵空事でしょう。あるいは大店《おおだな》の主が、大枚をはたいて遊女に求めることと思います」

「いえ、大金など使わなくても、双方が納得すれば簡単なことでしょう。お互いとっても気持ち良いのですし、本来は誰にも見せない秘め事なのですから」

「き、気持ち良いのでしょうね……。でも、かりそめにも武家が女の股に顔を入れて舐めるなど……」

言いながら想像したのか、さらに雪江はモジモジと腰をくねらせた。

「女の股は不浄ではなく、子をなす聖なる場所と思いますので、全然抵抗などないですけれど」

「そ、それは祐二郎さんが義姉上を心から好きだから出来たのでしょう……」

「いいえ、あの気性ですから、ほとんど強引にさせられましたが、嫌ではありませんでした」

　祐二郎は、貴枝には悪いが少々脚色して言い、貴枝の大柄な見かけからして雪江も納得したようだった。

「そう……、無理やりでも嫌ではなかったのですね……」

「もちろん、もし雪江様が求められるなら、私は喜んで致しますので」

「え……、ほ、本当ですか……」

　雪江が驚いたように顔を上げ、熱っぽい眼差《まなざ》しで彼を見つめた。どうやら後家になってから、相当に欲求が溜《た》まっているのだろう。

「ええ、私も他の女の方が、義姉と同じか違うか、いろいろ検分してみたいです」

「ど、どうか、誰にも内緒で……」

　雪江が、とうとうその気になってか細く言った。

「もちろんです。義姉に知られたら叩っ斬られるかも知れませんので。では、どうかお脱ぎ下さいませ。どうしてもお嫌と言うことはしませんので」

　まだ情交を覚えたての祐二郎の方が主導権を握って言い、自分も脇差《わきざし》を置いて袴《はかま》を脱ぎはじめた。

雪江も意を決して立ち上がり、俯《うつむ》きながら帯を解きはじめた。

祐二郎は先に着物と下帯まで脱ぎ去り、全裸になって布団《ふとん》に横たわり、脱いでゆく美しい後家を眺《なが》めた。

シュルシュルと衣擦《きぬず》れの音をさせて帯が解かれ、さらに着物を脱いで腰巻を取り去り、彼女は背を向けて座ってから襦袢《じゅばん》を脱いで一糸まとわぬ姿になった。

そして添い寝してきたものの、彼女は生娘《きむすめ》のように身を硬くし、じっと緊張に息を詰めていた。

おそらく、亡夫以外の男に触れるのは初めてなのだろう。

しかし心根はどうあれ、熟《う》れた肉体の方は若い男を欲しているようだ。

「どうか、力を抜いてお気持ちを楽に」

まだ新米の祐二郎が、後家相手にいっぱしのことを言いながら、彼女を仰向《あおむ》けにさせた。

雪江の肢体は、実に艶《なま》めかしかった。

何しろ男より大柄で逞《たくま》しい貴枝しか知らないから、何やら本当の女体に初めて接したように感じたほどだ。

肌は白粉《おしろい》でもまぶしたように白く、きめ細かかった。乳房は実に豊かに息づき、腰も豊満で、太腿《ふともも》はムッチリと量感があった。そして、今まで着物の内に籠《こ》もっていた熱気が、甘い匂《にお》いを含んで室内に立ち籠めた。

祐二郎は彼女の腕をくぐり、甘えるように腕枕してもらった。

腋《わき》の下には色っぽい腋毛が煙《けむ》り、彼は鼻を埋《うず》め込んで、甘ったるく濃厚な汗の匂いを嗅《か》ぎながら、豊かな乳房に指を這《は》わせていった。

「アア……」

雪江が熱く喘《あえ》ぎ、思わず彼に手を重ねて自らグイグイと乳房に押し付けてきた。

いったん火が点《つ》くと、淑《しと》やかな外見に似合わず、急に大胆になった。

祐二郎も充分に美女の腋の匂いを嗅いでから顔を移動させ、興奮に色づいて勃起した乳首にチュッと吸い付いていった。

「あう……、いい気持ち……」

雪江が口走り、彼の顔にも手を回して抱きすくめてきた。祐二郎は顔中が柔《やわ》らかく豊満な膨《ふく》らみに埋まり込み、心地よい窒息感に噎《む》せ返った。

彼はチロチロと乳首を舌で転がし、貴枝とは全く違う感触を味わった。

もう片方の乳首も含んで舐め回し、充分に愛撫《あいぶ》してから柔肌を舐め降りると、雪江も両手を離して身を投げ出し、完全な受け身体勢になった。

滑《なめ》らかな肌は淡《あわ》い汗の味がし、彼は形良い臍《へそ》を舐め、腰骨からムッチリした太腿へ降りていった。

丸い膝小僧を舐めて滑らかな脛《すね》を降り、足裏に回り込んで踵《きびす》から土踏まずを舐め上げ、縮《ちぢ》こまった指の股に鼻を割り込ませて嗅いだ。

そこは汗と脂《あぶら》にジットリ湿り、生ぬるく蒸《む》れた匂いが濃く沁《し》み付いていた。

祐二郎は爪先《つまさき》にしゃぶり付き、桜色の爪をそっと嚙《か》み、順々に指の間にヌルッと舌を割り込ませていった。

「あぁッ……、駄目《だめ》、そんなこと……！」

雪江が驚いたように声を上げ、彼の口の中でキュッと指先を縮めて舌を挟《はさ》み付けてきた。

構わず味わい尽《つ》くし、もう片方の足裏と指の股も全て貪《むさぼ》り、美女の足の味と匂いを嚙み締めた。

そしていよいよ股を開かせて腹這い、脚の内側を舐め上げながら股間に顔を進めると、雪江は期待と羞恥《しゅうち》にクネクネと豊満な腰をよじらせた。

白い内腿を舐め上げ、陰戸《ほと》に迫ると、やはり熱気と湿り気が顔中を包み込み、割れ目からはみ出した花びらはネットリとした大量の蜜汁に潤っていた。

そっと指を当てて陰唇を左右に開くと、微《かす》かにクチュッと湿った音がして、中身が丸見えになった。

襞《ひだ》を入り組ませて息づく膣口と、尿口の小穴が見え、包皮の下からは光沢あるオサネがツンと顔を覗かせていた。大きさは貴枝のものよりずっと小さく小豆大《あずきだい》なので、これが普通の大きさなのだろう。

雪江は、彼の視線と息を感じているだけで、みるみる淫水の量が増し、今にも肛門の方まで滴《したた》りそうになっていった。

二

「アア……、そ、そんなに見ないで……」

雪江が言い、ようやく祐二郎も顔を埋め込んでいった。

黒々と艶《つや》のある茂みに鼻を擦《こす》りつけて嗅ぐと、甘ったるい汗の匂いが大部分に籠もり、下の方にはほのかな残尿臭の刺激も入り交じっていた。

そして舌を這わせると、やはり淡い酸味のヌメリが動きを滑らかにさせた。

膣口をクチュクチュと掻き回し、滑らかな柔肉をたどってオサネまで舐め上げていくと、

「ああッ……、な、なんて気持ちいい……、でも恥ずかしいわ……」

雪江が朦朧《もうろう》と言い、声を上ずらせた。

舌先でチロチロとオサネを刺激し、チュッと吸い付くと、

「あう……！」

彼女は今にも気を遣《や》りそうに息を詰め、身を弓なりに反《そ》らせて硬直した。内腿はキュッときつく彼の顔を締め付け、祐二郎は心ゆくまで美女の恥ずかしい匂いと味を堪能《たんのう》した。

さらに腰を浮かせ、白く豊満な尻の谷間にも顔を寄せた。

薄桃色の可憐《かれん》な蕾《つぼみ》がキュッと閉じられ、鼻を埋めて嗅ぐと、やはり秘めやかな微香が悩ましく籠もっていた。

舌先でくすぐるように舐めて濡らし、ヌルッと潜り込ませて粘膜を味わうと、

「ヒイッ……、い、いけないわ、そんなこと……」

雪江が声を震わせ、キュッキュッと肛門で舌先を締め付けてきた。

祐二郎が内部で舌を蠢《うごめ》かせる間も、陰戸からはトロトロと白っぽい淫水が溢《あふ》

れ出してきた。

再び割れ目に戻ってヌメリをすすり、オサネに吸い付きながら、祐二郎は春本に書かれていた技巧を試してみた。

左手の人差し指を唾液に濡れた肛門に浅く押し込み、右手の二本の指を膣口に差し入れ、なおもオサネを舐め回したのだ。そして前後の穴の内壁を、指の腹で小刻《こきざ》みに擦った。

「あうう……、駄目、変になる……、アアーッ……！」

雪江は狂《くる》おしくガクガクともがき、それぞれの穴で指が痺《しび》れるほど締め付け、たちまち気を遣ってしまったようだ。

「も、漏《も》れちゃう……！」

息を詰めて口走ると同時に、大量の淫水が噴出して彼の顔を濡らした。

舐めてみたが味も匂いもなく、ゆばりではないようだ。ろくな愛撫も知らず、挿入だけで快楽を得てきた雪江には刺激が強すぎ、溜まりに溜まっていた淫水が一気に噴《ふ》き出してしまったのだろう。

「ああ……」

雪江は声を洩《も》らし、そのまま力尽きてグッタリとなってしまった。

祐二郎も、ようやく舌を引っ込め、前後の穴からヌルッと指を引き抜いた。

抜ける瞬間、雪江の肌がビクリと反応したが、あとは失神したように放心状態になった。

膣内に入っていた二本の指は、精汁に似た白っぽい粘液にまみれ、指の間には膜が張るほどだった。指の腹は湯上がりのようにふやけてシワになり、ほのかな湯気さえ立てていた。

肛門に入っていた指に付着はなく、爪にも曇《くも》りはないが微香が感じられた。

祐二郎は枕元に備えられた桜紙で指を拭《ぬぐ》い、再び雪江に添い寝していった。

彼女は目を閉じ、色っぽい口を開いて熱く喘いでいた。その口に鼻を押しつけて嗅ぐと、やはり乾《かわ》いた唾液の香りに混じり、貴枝に似た花粉のように甘い刺激が悩ましく含まれていた。

祐二郎は、美女の甘い口の匂いで胸を満たし、激しく勃起しながら一物を柔肌に押し付けた。

そして唇を重ね、舌を挿し入れて滑らかな歯並びを舐め、奥に侵入して舌をからめると、

「ンン……」

雪江も熱く鼻を鳴らし、チロチロと舌を蠢かせてくれた。

祐二郎は執拗《しつよう》に舌をからめ、美女の唾液と吐息に酔いしれながら、雪江の手を握って一物に導いた。

すると彼女も、やんわりと手のひらに包み込んでくれたのだ。

「ああ、いい気持ち……」

祐二郎は唇を離して喘ぎ、雪江の手のひらの中でヒクヒクと幹を震わせた。

「ね、お口で可愛がって頂けますか」

「ええ……、でも力が入らず、動けません……」

囁《ささや》くと、雪江がか細く答えた。

そこで祐二郎は移動し、横になったまま彼女の顔の方に股間を迫らせていった。すると雪江も横向きになり、鼻先に迫った一物に指を添えながら、熱い眼差しを注《そそ》いできた。

こんなに近くで見るのは初めてなのだろう。

張りつめた亀頭に触れてから、そっと舌を伸ばし、鈴口から滲《にじ》む粘液を拭い、そのまま先端にしゃぶり付いてくれた。

「アア……」

祐二郎は快感に喘ぎ、さらに彼女の口に押し込んでいった。

「ク……」

雪江も呻きながら上品な口を精一杯丸く開いて呑《の》み込み、熱い鼻息で恥毛をそよがせて吸い付いた。唇はモグモグと幹を締め付け、内部では味見するようにクチュクチュと舌がからみついてきた。

一物は最大限に膨張し、今にも果てそうに高まってしまったが、先に雪江の方が息苦しくなったように口を離した。

祐二郎は身を起こし、彼女を仰向けにさせて股を開かせ、本手《ほんて》（正常位）で一物を進めていった。雪江も覚悟をして身構え、期待に豊かな乳房を息づかせ、新たな淫水を漏らした。

幹に指を添えて先端を割れ目に擦りつけ、位置を定めてゆっくり膣口に挿入していくと、

「アアッ……、感じる……！」

雪江がビクッと顔を仰《の》け反らせて喘いだ。僅《わず》かな愛撫で挿入されるのとは、わけが違うのだろう。

肉襞の摩擦《まさつ》快感を味わいながら、ヌルヌルッと根元まで押し込み、やがて彼は

股間を密着させて温《ぬく》もりと締め付けを味わった。

身を重ねると、雪江が激しくしがみつき、待ちきれないようにズンズンと股間を突き上げはじめた。

おそらく亡夫には、こんなはしたない真似《まね》はしたことがないのだろう。自《みずか》らの大胆さに淫水の量はさらに増え、律動に合わせてクチュクチュと淫《みだ》らに湿った摩擦音が聞こえてきた。

「気持ちいいですか？」

「ええ……、こんなの初めて……、でもお尻が冷たいわ……」

囁くと、雪江が答えた。さっきは潮吹きもあったので、尻の下がビショビショになっているのだ。

祐二郎も暴発を堪《こら》えながら身を起こし、さらに春本にあった体位を試してみた。

「どうか、横に……」

深々と挿入しながら言うと雪江も、そろそろと横向きになっていった。

彼は雪江の下の脚を跨《また》ぎ、上の脚を真上に持ち上げて両手でしがみついた。松葉くずしの体位で、互いの股間が交差して密着感が増した。

腰を突き動かすと、膣の感覚と同時に、滑らかな内腿の感触も得られた。

「アア……、変な気持ち……」

雪江も初めての体位に喘ぎ、下でクネクネと身悶《みもだ》えていた。

さらに祐二郎は動きを止め、

「うつ伏せに……」

言いながら彼女を四つん這いにさせていった。

雪江も完全にうつ伏せになって尻を突き出し、祐二郎は後ろ取り（後背位）で腰を抱えた。

腰を突き動かすと豊かな尻の丸みが下腹部に当たって弾み、何とも心地よかった。

「ああッ……、す、すごい……」

雪江も、完全に無防備な体勢に感じ、顔を伏せて喘いだ。

祐二郎は白い背に覆《おお》いかぶさり、両脇から手を回し、たわわに実って揺れる乳房を鷲摑《わしづか》みにしながら腰を遣った。

髪の香油が甘く匂い、背中にも舌を這わせると汗の味が艶めかしかった。

溢れる淫水が雪江の内腿を伝い流れ、今にも彼女も大きく気を遣りそうになっているようだった。

しかし、まだ保てそうなので、祐二郎はもう一回体位を変えることにした。尻の感触は素晴らしいが、やはり美しい顔が見えないのは物足りないのである。

身を起こし、そっと一物を引き抜いた。

「ああ……」

支えを失った雪江が突っ伏しそうになったので、彼はそれを支えて横になり、下に潜り込んでいった。

「さあ、上から跨いで下さい」

祐二郎は言い、雪江の脚を抱えて股間に跨がらせた。やはり最後は、美女の顔を見上げ、茶臼《ちやうす》（女上位）で果てたいのだった。

三

「わ、私が上に……？」

仰向けの祐二郎の股間を跨ぎながらも、雪江はためらいがちに言った。やはり元は町人だから、武士に跨がることに抵抗があるのだろう。

しかし彼は淫水にまみれた一物を突き立て、上にした雪江の陰戸に真下から押し当てていった。

彼女も覚悟を決め、恐る恐る先端を浅く入れた。

張りつめた亀頭がヌルリと潜り込むと、あとはヌメリと重みでヌルヌルッと滑らかに根元まで受け入れていった。

「アアーッ……!」

完全に座り込んだ雪江は、顔を仰け反らせて熱く喘ぎ、キュッときつく締め上げてきた。

祐二郎も、股間に重みと温もりを感じながら高まった。確かに、尻の下が湿って冷たいが、美女から出た淫水と思うと興奮が増した。

実に締まりが良く、刺激されるたび幹がヒクヒクと歓喜に震えた。

やがて雪江は上体を起こしていられなくなったように、身を重ねてきた。それを両手で抱き留め、祐二郎は僅かに両膝を立て、小刻みにズンズンと股間を突き上げはじめていった。

「ああ……、い、いきそう……」

雪江が息を弾ませて言う。さっき舌と指で気を遣ったのと、挿入の快感はまた別物のようだった。

「ね、唾《つば》を垂《た》らして下さい……」

祐二郎は、ゾクゾクと興奮に胸を震わせてせがんだ。

「なぜ、そんなことを。口吸いでは駄目なのですか……」

「垂れるところを見たいんです」

「そんな、意地の悪い……。乾いて出ないと思います……」

「少しで良いので」

言いながら内部で幹を震わせると、雪江も形良い唇をすぼめ、白っぽく小泡の多い唾液をタラリと吐き出してくれた。

それを舌に受けて味わい、うっとりと飲み込んで酔いしれた。

「アア……、こんなことするなんて……」

雪江も羞恥に淫水を漏らし、彼のふぐりから肛門の方まで濡らしてきた。

「もっと……」

「もう出ません。堪忍《かんにん》……」

「じゃ顔に思い切り吐きかけて下さい」

「まあ、なぜそんなこと……」

「絶対にしないであろうことを、上品な雪江さんにさせたいのです」

祐二郎は言いながら突き上げを弱め、雪江も生殺しのような状態でクネクネと身悶えた。しないと、いつまでもこの状態が続くのかと思い、ようやく彼女も覚悟したようだった。

「良いのですか、本当に……」

「ええ、どうか強く……」

答えると、雪江は大きく息を吸い込んで彼に顔を寄せ、ペッと唾液を吐きかけてくれた。

甘い息の匂いとともに生温かな唾液の固まりが鼻筋を濡らし、頬の丸みを伝い流れて、さらに唾液の甘酸《あまず》っぱい香りも鼻腔《びこう》を刺激してきた。

「アア……、大変なことを……」

雪江は指で彼の顔を拭おうとしたが、祐二郎はそのまま抱き寄せて唇を重ね、熱烈に舌をからめた。

「ンンッ……！」

雪江も熱く呻きながら舌を蠢かせ、突き上げに合わせて腰を遣い、互いに激しく高まっていった。

祐二郎は下向きの雪江の口から唾液をすすり、滑らかに蠢く舌を味わい、息の匂いに酔いしれながら、とうとう昇り詰めてしまった。

「い、いく……」

唇を触れ合わせたまま口走り、大きな絶頂の快感に全身を貫かれながら、ありったけの熱い精汁をドクドクと勢いよく柔肉の奥にほとばしらせた。

「ああ……、気持ちいいッ……！」

噴出を感じた途端、雪江も声を洩らし、ガクンガクンと狂おしく全身を痙攣《けいれん》させながら気を遣ってしまったようだ。

膣内の収縮も活発になり、精汁を飲み込むようにキュッキュッときつく締まった。

さすがに、生娘だった貴枝とは異なり、すでに快楽を知っている大人の女の絶頂は凄《すさ》まじい感じがした。

祐二郎は溶《と》けてしまいそうな快楽に包まれながら、心置きなく最後の一滴まで出し尽くしていった。

すっかり満足しながら突き上げを弱めていくと、

「アア……、死にそう……」

雪江も熟れ肌の硬直を解き、口走りながらグッタリと力を抜いて彼に体重を預けてきた。

祐二郎は重みを受け止め、まだ名残惜《なごりお》しげに収縮を繰り返す膣内でヒクヒクと幹を過敏に震わせた。そして湿り気ある甘い息で鼻腔を刺激されながら、うっとりと余韻《よいん》を味わったのだった。

「こんなに、良いものだったなんて……」

雪江が、汗ばんだ肌を密着させ、遠慮なくもたれかかりながら荒《あら》い息で呟《つぶや》いた。

やはり武家としての慎《つつし》みや抵抗を取り去って、本当に大きな快楽を得られたのだろう。彼女も絶頂の余韻に呼吸を弾ませ、思い出したようにビクッと熟れ肌を震わせていた。

やがて雪江は息を詰め、そろそろと股間を引き離した。

そのまま力尽きて添い寝するかと思ったが、彼女は桜紙を手にして陰戸を拭い、淫水と精汁にまみれた一物に顔を寄せてきた。

「これが、精汁の匂い……」

雪江は先端を嗅いで囁き、鈴口から滲む余りの雫《しずく》を舐め取った。いったん垣根を越えてしまうと、あとはとことん大胆になるようだった。

「ああ……」

祐二郎は快感に喘ぎながら、すぐにもムクムクと勃起してしまった。

「まあ、こんなにすぐ……」

鎌首を持ち上げた一物を見て驚き、雪江は熱い息を吐きかけてきた。

「でも、もう一回したら歩けなくなります……」

「では、どうか指とお口でして下さいませ」

祐二郎も、すっかり図々しくなり、ひたすら快楽を求めて言った。

すると雪江も厭《いと》わずに幹を指で愛撫し、亀頭にしゃぶり付き、どのような要求にも応える勢いを見せた。

祐二郎も、すぐに果てたら勿体《もったい》ないので、ふぐりを指してせがんだ。

「どうか、ここも舐めて下さい……」

言うと雪江はすぐに先端からふぐりに移動し、舌を這わせてくれた。

そして二つの睾丸を転がし、袋全体を生温かな唾液にまみれさせると、自分から彼の両脚を浮かせ、尻の谷間も舐めてくれたのだ。

自分がされたのでお返しするように、チロチロと舌先で肛門を舐め、厭わずヌルッと潜《もぐ》り込ませてきた。

「あう……」

彼は妖《あや》しい快感に呻き、肛門を締め付けて美女の舌先をモグモグと味わった。

侵入した舌の蠢きに、一物が内側から刺激されるようにヒクヒクと上下した。

脚を下ろすと、雪江も舌を引き抜いて、ふぐりの中央の縫《ぬ》い目を舌先でたどり、一物の裏側を舐め上げてきた。

「お、お乳で挟んで……」

祐二郎が言うと、雪江も身を乗り出し、豊かな胸を一物に押し付けてくれた。

谷間に挟み付け、両側から手で揉みしだき、さらに屈《かが》み込んで先端に舌を這わせてきた。

「アア……、気持ちいい……」

彼は柔らかな膨らみと温もりに包まれ、ヒクヒクと幹を震わせて喘いだ。

雪江も充分に乳房の谷間で肉棒を揉んでから、いよいよ本格的に亀頭にしゃぶりつき、乳房を離してスッポリと喉《のど》の奥まで呑み込んでくれた。

一物全体が美女の生温かく濡れた口腔に含まれ、熱い鼻息が恥毛をくすぐった。

上品な唇が幹を締め付けて吸い、内部でもチロチロと舌が蠢き、一物全体は清らかな唾液にどっぷりと浸《ひた》った。

「ああ、いきそう……」

祐二郎は高まりながら喘ぎ、小刻みにズンズンと股間を突き上げた。

すると雪江も合わせて顔を上下させ、濡れた口でスポスポと強烈な摩擦を開始してくれたのだ。

たちまち彼は、二度目の大きな絶頂に全身を貫かれ、熱い大量の精汁を勢いよくほとばしらせてしまった。

「ンンッ……」

喉の奥を直撃され、雪江が呻きながら反射的にチュッと吸ってくれた。

「ああ、気持ちいい、飲んで下さい……」

祐二郎はガクガクと腰を跳《は》ね上げながら口走り、美女の口に心置きなく最後の一滴まで出し尽くしてしまった。

そして満足しながらグッタリと身を投げ出すと、雪江も舌の動きを止め、亀頭を含みながらゴクリと喉を鳴らしてくれた。

「く……」

彼は締まる口の中で、駄目押しの快感を得て呻いた。

雪江も飲み干すとチュパッと口を引き離し、なおも精汁の滲む鈴口を舐め回し、全て綺麗にしてくれたのだった……。

四

(わあ、義姉上、すごい……)

祐二郎が藩邸へ戻ると、庭で貴枝が藩士たちを相手に剣術の稽古《けいこ》をしていた。

みな袋竹刀で打ち合い、大柄な貴枝相手に遮二無二《しゃにむに》向かっていくが、悉《ことごと》く叩きのめされていた。

やはり貴枝の強さは閉鎖的な国許だけでなく、江戸でも充分すぎるほど通用するものだったのだ。それに屈強な貴枝に比べれば、若侍たちは祐二郎のように小柄な細腕ばかりであった。

貴枝は、病み上がりなどものともせず、順々に相手をしては容赦《ようしゃ》なく地に這わせていた。

「ま、参りました……」

最後の一人が言うと、貴枝も心地よい汗をかいて満足げに得物を下ろした。

藩士たちは疲労困憊《こんぱい》して井戸端へと行き、貴枝は湯殿に入っていったので、祐二郎も追った。

雪江は、貴枝と同行していた岡っ引きと話し、それぞれの成果を話し合っているようだった。

「お見事でした」

「おう、藩邸へ戻ってきたら稽古中だったので、堪《たま》らずに加わった」

貴枝は答え、借りた稽古着と袴を脱いで一糸まとわぬ姿になった。

風呂桶《おけ》には残り湯があり、すでに貴枝は湯殿を使う許しを得ているのだろう。

もっとも男装とはいえ女だから、他の藩士たちと一緒に井戸端で身体《からだ》を流すわけにもいかない。

「あ、待って。流す前に……」

祐二郎は言ってにじり寄った。雪江相手に二度も射精したのに、相手が替わると、たちまち新たな淫気が湧《わ》いてしまった。

機嫌を損ねると恐いが、彼女は身体を動かしてすっきりしているようだ。

だから彼が貴枝の腋の下に顔を埋め込んでも、彼女は拒《こば》まなかった。

「汗臭いだろうに、それが良いのか」

「ええ……」

祐二郎は腋毛に鼻を擦りつけて嗅ぎ、生ぬるく濃厚に甘ったるい汗の匂いで鼻腔を刺激され、激しく勃起していった。

そして義姉の濃い体臭で胸を満たしながら、自分も手早く袴と着物を脱ぎ、下帯も解いて全裸になってしまった。

乳房に移動し、コリコリと硬くなった乳首に吸い付き、舌で転がすと、

「アア……」

貴枝も小さく喘ぎ、熱く息を弾ませた。

祐二郎は左右の乳首を交互に舐め、胸いっぱいに義姉の汗の匂いを嗅いでから簀《す》の子《こ》に仰向けになっていった。

「どうか、顔に足を……」

「良いのか。おかしな奴……」

せがむと、貴枝も興奮を高めながら風呂桶に摑《つか》まり、彼の顔にそっと大きな足裏を乗せてきた。

ムレムレになった指の股の匂いを嗅ぎ、足裏に舌を這わせ、爪先にもしゃぶり付いた。足を交代してもらい、そちらも味と匂いを存分に貪ると、彼は足首を摑

んで顔を跨がせた。

貴枝も厠《かわや》に入ったように、ゆっくりしゃがみ込み、彼の鼻先に蒸れた陰戸を迫らせてくれた。

長く逞しい脚がムッチリと張り詰め、汗の匂いが濃く漂《ただよ》う割れ目が鼻に触れてくると、彼も夢中で茂みに籠もった熱気と湿り気を嗅いだ。

甘ったるい汗の匂いは腋の下と似ているが、それにほのかなゆばりの匂いも混じり悩ましく鼻腔を掻き回してきた。

舌を這わせると、すぐにも淡い酸味のヌメリが滑らかに迎え、祐二郎は息づく膣口の襞から大きめのオサネまで舐め上げていった。

「く……、気持ちいい……」

貴枝が息を詰めて呻き、ギュッと強く股間を押しつけてきた。

オサネを吸い、蜜汁の量が充分になると彼は尻の真下に潜り込み、顔中に汗に湿った双丘を受け止めながら、蕾に籠もった微香を貪った。

舌を這わせ、ヌルッと潜り込ませて粘膜を味わうと、

「あう……」

貴枝が、キュッときつく肛門で舌先を締め付けてきた。

やがて義姉の前も後ろも充分に舐めると、彼女は自分から腰を上げて移動し、一物に顔を寄せた。

ついさっき、この一物が雪江の陰戸に納まっていたなどと知ったら、貴枝は一体どんな反応を示すことだろう。

そうとも知らず貴枝は屈み込んで張りつめた亀頭をしゃぶり、充分に唾液にぬめらせると、すぐにも顔を上げて彼の股間に跨がってきた。

幹に指を添えて先端を陰戸に押し付け、ゆっくりしゃがみ込みながらヌルヌルッと滑らかに受け入れていった。

「アア……、いい……」

貴枝が顔を仰け反らせて喘ぎ、根元まで完全に納めて股間を密着させた。

祐二郎も肉襞の摩擦と、熱いほどの温もりに包まれ、締め付けられながらヒクヒクと歓喜に幹を震わせた。

貴枝はグリグリと股間を擦りつけてから身を重ね、彼も両手で抱き留めた。

すると彼女が上からピッタリと唇を重ね、長い舌をヌルリと潜り込ませてきた。

祐二郎も受け入れ、滑らかに蠢く舌を舐め回し、生温かく注がれる唾液でうっとりと喉を潤した。

熱く湿り気ある息は甘い刺激を含み、心地よく鼻腔を掻き回してきた。

さらに稽古直後だから、貴枝の鼻の頭からは汗の雫が彼の顔に滴った。

祐二郎はしがみつきながらズンズンと股間を突き上げ、貴枝も応《こた》えて腰を遣うと、クチュクチュと湿った摩擦音が響いてきた。

「ああ……、いきそう……」

貴枝が口を離し、淫らに唾液の糸を引きながら囁いた。

「義姉上、舐めて……」

甘えるように言って貴枝の口に鼻を押しつけると、彼女も舌を這わせ、ヌラヌラと鼻の穴を舐め回してくれた。

甘い口の匂いに、唾液の甘酸っぱい香りも混じり、祐二郎はさらに顔中までヌルヌルにされながら高まった。

「い、いく……!」

たちまち彼は大きな絶頂の快感に貫かれながら口走り、ありったけの熱い精汁を勢いよく内部にほとばしらせてしまった。

「アア……、もっと……!」

貴枝も噴出を感じながら喘ぎ、ガクガクと絶頂の痙攣を開始した。

膣内の締まりと収縮が活発になり、祐二郎も心地よく最後の一滴まで出し尽くすことが出来た。

「き、気持ちいいッ……!」

貴枝もすっかり快感を嚙み締めて声を洩らし、やがて彼が突き上げを弱めると、肌の強ばりを解いてグッタリともたれかかってきた。

祐二郎は義姉の重みを受け止め、膣内の収縮にヒクヒクと過敏に反応しながら呼吸を整えた。

そして貴枝の喘ぐ口に鼻を押しつけ、花粉臭の息を胸いっぱいに嗅ぎながら、うっとりと快感の余韻を味わったのだった。

「なぜ、こうなったのか……」

貴枝が、荒《あら》い呼吸を弾ませながら囁いた。

「分かりません……」

「会うと、したくなってしまう……」

貴枝が言い、ようやく股間を引き離して身を起こした。

祐二郎のように非力で小柄な男など嫌いなはずなのに、驚くほど肌の相性が良かったのかも知れない。

もちろん肌の相性は、してみなければ分からないことだが、とにかく初回は彼女が熱で朦朧としており、欲求が一気に解き放たれたから、実に切っ掛けが幸運だったのだろう。

やがて彼も呼吸を整えて起き上がり、互いに残り湯を浴びて身体を洗い流したのだった。

そして二人は手早く身体を拭いて身繕《みづくろ》いをし、誰か来ないか廊下を窺《うかが》いながら、それぞれ別々に湯殿を出たのだった。

五

「驚きました。湯殿でするなんて、本当に困ったご姉弟です……」

夕餉《ゆうげ》のあと、雪江が祐二郎の部屋に入り、呆《あき》れたように言った。

「うわ、知っていたのですか……」

「気づいたのが私だから良かったものの、どうかお慎み下さい」

雪江に言われ、彼も身を縮めて頷《うなず》いた。

藩邸での客扱いは初日だけで、今日から祐二郎は侍長屋の隅《すみ》で寝起きすることになった。

ただ貴枝は、国許の勘定方の娘だし剣術指南役でもあるので、昨夜と同じ屋敷内の客間があてがわれていた。

祐二郎はすでに寝巻姿で、床も敷き延べたところだった。

「とにかくご報告します。今日廻ったところを、私と平吉《へいきち》で話し合いました」

雪江が言う。

平吉というのは、今日貴枝と組んで町を廻った岡っ引きである。

「川沿いにある墨田屋《すみだや》という料亭が、どうもお咲の親が住み込んでいたという老舗《しにせ》らしく、そこに匿《かくま》われているのではと」

「もう見つかったのですか……」

祐二郎は、彼女たちの仕事の早さに目を丸くした。

咲の両親が、江戸から駆《か》け落ちしてきたという情報も、国許からの報告に書かれており、それを雪江と平吉が探し出したらしい。

「では、明日にも義姉上と一緒に墨田屋へ行ってみます」

「いえ、出来れば、祐二郎さんお一人の方が」

「なぜ」

「梨花《りか》という女将《おかみ》は、何しろお武家を嫌っていますので、大きく強そうな貴枝様では臍を曲げかねません」

「そうなのですか……」

祐二郎は小さく頷いた。確かに、そうした相手ならば小柄で色白の祐二郎が必死に訴えた方が良いのだろう。

「分かりました。では私一人で参りますので、義姉上の方へは他へ廻るように巧く言っておいて下さい」

「ええ……、では明日、途中まで私が墨田屋へ案内しますので……」

話を終えると、雪江は急にモジモジと落ち着かない素振りを見せはじめた。

どうやら床の敷かれた部屋の中で、また淫気を湧かせたのかもしれない。それほど昼間の快楽が大きく、今ならば寝るだけだから腰が抜けるほど堪能できると思ったのだろう。

祐二郎も、彼女と二人きりで股間を熱くさせはじめてしまった。

「あの、しても構いませんか」

「まあ……、昼間二回も精を放って、そのうえ貴枝様ともしたのに、まだ出来るのですか……」

雪江は呆れながらも、期待に目をキラキラさせてきた。

「ええ、美しい雪江さんが相手なら何度でも」

「そんな、まだ覚えたてのくせにお上手が言えるようになるなんて」

雪江も、すっかりその気になりながら艶めかしい眼差しを向けた。

そして祐二郎が帯を解いて寝巻を脱ぎはじめると、彼女も立ち上がって帯を解きはじめた。

母屋《おもや》の屋敷内と違い、侍長屋ならば狭いが誰も来ることはない。

彼が全裸で横になって待つと、たちまち雪江も一糸まとわぬ姿になって添い寝してきた。

甘えるように腕枕してもらうと、彼女もギュッときつく抱きすくめてくれた。

「アア、可愛い……、なぜ、こんなにも惹《ひ》かれるの……」

雪江が感極まったように言い、熱く息を弾ませた。

なぜ、というなら貴枝も同じ気持ちなのだろう。

学問一筋だった祐二郎は、あるいは女から見るとやけに淫気をそそる雰囲気を持っているのかも知れない。それは女好きのする、という星の定めのようなものではないだろうか。

とにかく祐二郎は、昼間何度しようとも、いま目の前にいる女体に専念し、ムクムクと激しく勃起していった。

彼は目の前にある乳首にチュッと吸い付き、もう片方の膨らみにも手を這わせながら、甘ったるい体臭に酔いしれた。

コリコリと硬くなった乳首を舌で転がし、軽く歯で刺激するたび、

「あう……」

雪江が呻き、ビクリと熟れ肌を震わせて反応した。

そして左右の乳首を味わい、腋の下にも鼻を埋め込みながら腋毛に籠もった匂いを嗅ぎ、股間にも指を這わせていった。

「アアッ……」

指の腹でオサネを探ると、雪江が熱く喘いだ。すでに割れ目はヌラヌラと熱い蜜汁にまみれていた。

しかし、さすがに昼間の情交のあと藩邸へ戻って水を浴びたのか、汗の匂いはだいぶ薄れてしまっていた。それならば足の指の賞味は省略し、祐二郎も気が急《せ》くほど高まっているので、そのまま陰戸へと顔を移動させていった。

大股開きにさせて真ん中に腹這い、白くムッチリとした内腿を舐め上げながら中心部に迫った。

柔らかな茂みに鼻を擦りつけて嗅ぐと、甘ったるい汗の匂いも昼間ほどではなく、入り交じった残尿臭もほんの少しだった。

それでも貪るように嗅いで舌を這わせ、トロリとした淡い酸味の淫水をすすり、膣口の襞を掻き回してオサネまで舐め上げた。

「あうう……、いい気持ち……」

雪江が身を弓なりに反らせて呻き、内腿でキュッと彼の両頬を挟み付けてきた。

祐二郎はオサネを吸い、溢れるヌメリを味わってから、さらに脚を浮かせて尻の谷間に鼻を埋め込んだ。

しかし残念ながら、ここも秘めやかな匂いは消え去り、うっすらと汗の匂いが籠もっているだけだった。それでも舌を這わせ、おちょぼ口の襞を味わうと、鼻先にある陰戸からは白っぽく濁《にご》った本気汁がトロトロと溢れてきた。

それを舐め取りながら再びオサネに吸い付くと、

「お、お願い、入れて……」

雪江が白い下腹をヒクヒク波打たせて言った。

祐二郎も彼女の股間から離れ、仰向けの彼女の胸に跨がった。

「失礼、少しだけお口でお願いします……」

言いながら豊かな乳房の谷間に一物を挟むと、彼女も両側から手で押さえて揉みしだき、顔を上げて舌を伸ばし、チロチロと先端を舐め回してくれた。

「ああ……」

祐二郎は快感に喘ぎ、さらに前屈みになって両手を突き、彼女の口にズブズブと肉棒を押し込んでいった。

「ンン……」

先端が喉の奥に触れると、雪江が微かに眉《まゆ》をひそめて呻き、それでも強く吸い付き生温かな唾液でたっぷりと濡らしてくれた。

熱い息を股間に受け、彼自身はクチュクチュと舌に翻弄《ほんろう》されながら最大限に膨張していった。

やがて充分すぎるほど高まると、彼は一物を引き抜き、再び雪江の股間に戻っていった。

彼女も期待に朦朧となり、起き上がるのも億劫《おっくう》そうなので、ここは本手（正常位）で交接した。先端を濡れた陰戸に押し当て、感触を味わいながらゆっくりと挿入していった。

「ああッ……、いい……！」

ヌルヌルッと根元まで押し込むと、雪江がキュッと締め付けて喘いだ。

祐二郎も股間を密着させて身を重ね、温もりと感触を味わいながら熟れ肌にもたれかかっていった。

雪江が下から両手でしがみつくと、彼の胸の下で豊かな乳房が押し潰れて心地よく弾み、柔らかな恥毛が擦れ合い、コリコリする恥骨の感触まで艶めかしく下腹部に伝わってきた。

徐々に腰を遣いはじめると、

「アア……、もっと突いて、強く奥まで……」

雪江が下からもズンズンと股間を突き上げ、彼の背に爪まで立てて激しく乱れた。

祐二郎は喘ぐ口に鼻を押しつけ、熱く甘い息を嗅ぎながら興奮を高めた。湿り気ある息は昼間より濃厚でかぐわしく、胸が満たされるたび刺激が一物に伝わっていくようだった。

彼も快感に腰の動きが止まらなくなり、果ては股間をぶつけるように突き動かしはじめた。

揺れてぶつかるふぐりも淫水に濡れ、ヒタヒタと音がした。そして濡れた陰戸の摩擦音も、ピチャクチャと淫らに響いた。

「い、いく……、アアーッ……！」

すでに期待を持って来ていた雪江は、すぐにも気を遣ってしまい、声を上げながらがくんがくんと狂おしい痙攣を開始した。そして彼を乗せたまま何度も腰を跳ね上げ、祐二郎は暴れ馬にしがみつく思いで、続いて昇り詰めていった。

「く……！」

突き上がる快感に呻き、熱い大量の精汁を勢いよく注入すると、

「あう、熱いわ、もっと……！」

噴出を感じ、駄目押しの快感を得たように雪江が呻いた。

やがて祐二郎は心ゆくまで快楽を貪り、最後の一滴まで出し尽くし、満足げに動きを弱めていった。

雪江も、いつしか力尽き失神したように身を投げ出し、彼は熱く甘い息を嗅ぎながら、うっとりと余韻を味わったのだった。

第三章　熟《う》れた美女の熱き淫水

一

「しばらく店はお休みなんですよ。みんなお伊勢《いせ》参りに行ってしまってね」

祐二郎が墨田屋を訪ねると、三十半《なか》ばの豊満で小粋《こいき》な美女が出てきて言った。

これが女将《おかみ》の梨花なのだろう。

確かに店は閉まっていたので、祐二郎は脇の路地から母屋《おもや》を訪ねたのだ。

途中まで案内してきた雪江は、すぐに引き返していき、祐二郎も、ここは自分一人で交渉すべきと思った。

「いや、客ではないのですが少々伺《うかが》いたいことがありまして。私は岩槻藩士、吉井祐二郎と申します」

「どういうご用件でしょう」

梨花が、被《かぶ》っていた手拭《てぬぐ》いを外して言う。

確かに家の中に他の人の気配はなく、彼女は一人で掃除でもしていたのだろう。

「まあ、お上がりください。私も休憩するところだったから」

「では、お邪魔します」

言われて祐二郎が大刀を右手に持って上がり込むと、梨花も彼を部屋に招き入れ、長火鉢《ながひばち》の鉄瓶《てつびん》から茶を入れてくれた。

切れ長の眼差《まなざ》しに形良い肉厚の唇、豊満な胸に腰の丸み。眉《まゆ》を剃《そ》り、お歯黒の歯並びが新鮮な色気を醸《かも》し出していた。

おそらく亭主が子供や奉公人を引き連れて伊勢へ出向き、梨花は留守番しているのだろう。

「用向きは、岩槻から出て来たばかりの、二十歳《はたち》になる清次と十七のお咲を捜しているのです。ここはお咲の遠縁と聞いておりますので」

「遠縁も何も、もう関係ありませんけどね。私の叔母《おば》が、お武家に見初《みそ》められたのを嫌がり、前から恋仲だった奉公人と駆《か》け落ちしたんですよ」

梨花が言う。してみると、彼女と咲は従姉妹《いとこ》ということになる。

事情は、何やら咲と清次に似ている気がした。

「そうですか。その、お咲はここへ来なかったでしょうか」

「見つけたらどうする気です」

「用があるのは、お咲ではなく連れの清次なのですが、どうにも彼だけは国許《くにもと》へ連れ帰らねばなりません」

「咎人《とがにん》なのですか」

「いえ、その……」

祐二郎は言いよどんだ。

余人に軽々しく話すことではないが、どうも梨花は二人の居場所を知っているふうである。ならば正直に話す方が良いのかも知れないと判断した。

「実は義父《ちち》の敵《かたき》でして。まあ、ものの弾《はず》みで義父が死んだに過ぎないのですが、些少《さしょう》ながら金も奪《うば》われているし、とにかく国許で裁決しないことには」

「あなたの出世にも響くというのでしょう。これだからお武家は」

梨花は眉をひそめて言った。

「どうか、ご存じなら教えてください」

祐二郎は頭を下げて言った。

「知りませんね」

梨花はにべもなく言ったが、どこか暇《ひま》つぶしに若い彼をからかっているふうも感じられた。

「いや、あなたは知っているのでしょう。どうかお願いします。あなたの他に頼る手立てもないので、どのようなことでも致しますから」

「ならば、刀なんぞ遠くへ置いて頼んだらどうです。恐くて堪《たま》らないんですよ。最初は下手に出て、埒《らち》があかないと抜いて脅《おど》すのでしょう」

「そんなことはしませんが、ならば……」

言われて祐二郎は立ち上がり、右脇に置いた大刀を部屋の隅《すみ》に置き直し、ついでに脇差《わきざし》も鞘《さや》ぐるみ抜いて置き、また彼女の前に戻って端座した。

「どうか教えてくださいませ」

両手を突き、深々と頭を下げて頼み込んだ。

「ねえ、吉井さん、でしたわね。あなたおいくつ？」

「十八ですが」

「ふうん、女は知っているの？」

「いえ、まだ……」

訊《き》かれて、祐二郎は咄嗟《とっさ》に無垢《むく》なふりをした。その方が梨花に気に入られるような気がしたのである。

「そう、やはり無垢なのね。そんな気がしたわ。ならばこうしましょう。あなたの初物を頂きたいの。そうすれば、嫌いなお武家の中でもあなただけ少し好きになるかも知れないわ」

「え……」

祐二郎は驚いて聞き返した。

梨花は目をキラキラさせ、どうやら本気のようだ。

やはり彼女も、他の女に洩《も》れず祐二郎に対し、言葉では言い表せない淫気《いんき》の虜《とりこ》になりつつあるのかも知れない。

「どんなことでも致しますと言ったでしょう。武士に二言はないはず」

梨花は立ち上がるなり襖《ふすま》を開けると、隣の部屋に行って手早く床《とこ》を敷《し》き延《の》べてしまった。

「さあ来て。何もかも脱いでここへ横に」

梨花は言いながら、自分も帯を解きはじめた。

祐二郎は、思いもかけない展開に胸を高鳴らせ、ムクムクと勃起しながら袴《はかま》と着物を脱いだ。

そして襦袢《じゅばん》と下帯も取り去り、全裸になって布団《ふとん》に仰向《あおむ》けになると、梨花も腰巻を脱いで一糸まとわぬ姿になっていた。

「勃っているわ。そんなに嬉《うれ》しいの」

「ええ……、女に触れるのは初めてなので……」

梨花が見下ろして言うと、彼も神妙に答えた。見かけが初々《ういうい》しいので、彼女も無垢を疑っていないようだ。

「そう、でも普通の筆下ろしじゃないわよ。嫌いなお武家にしてみたいことが山ほどあるの」

「はあ……、どのようにされても構いませんので」

祐二郎は期待に幹を震わせながら言い、スックと立って見下ろしている美女を仰いだ。梨花の肌は透《す》けるように色白で、息づく乳房も張りのある尻も、雪江以上に豊満に熟《う》れていた。

「本当? 足の裏を舐《な》めろと言われても、いきなり無礼打ちにしたりしない?」

「どうぞ、お好きに……」

言われて、祐二郎はさらに期待と興奮を高めてしまった。

するとと梨花も淫気を高めて彼の顔の横に立ち、壁に手を突いて身体《からだ》を支えながら、そろそろと片方の足を浮かせてきたのだ。

「本当にいいのね……」

さすがに若年とはいえ武士の顔に足を乗せるのだから、梨花も緊張に声をかすれさせ、ガクガクと膝《ひざ》を震わせていた。

そして足裏をそっと彼の顔に押し当ててきた。

祐二郎は、元より嫌ではないし屈辱《くつじょく》とも思わない。むしろされたいことを、梨花の方からしてくれたのだから願ってもなかった。

「ああ、変な気持ち……、さあ、お舐めよ。私が良いと言うまで……」

彼が拒《こば》まないので、梨花も熱く喘《あえ》ぎながら、次第に強くグイグイと力を込めて踏みしめてきた。

祐二郎は踵《きびす》から土踏まずに舌を這《は》わせ、指の間に鼻を埋《うず》め込んで嗅《か》いだ。朝から動き回っていたらしく、そこは汗と脂《あぶら》にジットリ湿り、生ぬるくムレムレになった匂《にお》いが濃く沁《し》み付いていた。

「アア……、本当に舐めているわ。いい子ね……、ここもよ……」

梨花は次第に本格的に息を弾ませ、爪先《つまさき》まで彼の口に押し込んできた。

しゃぶり付き、指の間にヌルッと舌を挿《さ》し入れて味わいながら見上げると、真上にある陰戸《ほと》はヌメヌメと大量の淫水にまみれ、ムッチリした内腿《うちもも》にも糸を引く雫《しずく》が伝い流れていた。

「勃ったままだわ。嫌じゃないのね……。こっちも……」

梨花が彼の一物を見下ろして言い、足を交代させた。

祐二郎は、そちらの足裏も舐め回し、指の股《また》の匂いを嗅いでから念入りに爪先をしゃぶった。

やがて舐め尽くすと、梨花は自分から足を引き離し、とうとう仰向けの彼の顔に跨《また》がり、厠《かわや》で用を足すようにゆっくりしゃがみ込んできたのだ。

「さあ、無垢ならよく見て。女はこうなっているんだよ……」

梨花は言い、自ら陰唇を指で目いっぱい広げてくれた。

ムチムチと張りのある内腿と下腹が覆《おお》いかぶさり、顔中を熱気と湿り気に包まれながら目を凝《こ》らした。

黒々と艶《つや》のある恥毛が情熱的に濃く茂《しげ》り、開かれた陰戸の中では濡《ぬ》れた桃色の柔肉が息づいていた。襞《ひだ》の入り組む膣口は白っぽく濁《にご》った粘液がまつわりつき、光沢あるオサネもツンと突き立っていた。

そして梨花は真下からの熱い視線に感じながら、とうとうギュッと彼の顔中に股間を押しつけてきたのだった。

柔《やわ》らかな茂みが鼻を覆い、祐二郎は隅々に生ぬるく籠《こ》もった汗とゆばりの匂いを嗅ぎながら、舌を這わせはじめた。

溢《あふ》れるヌメリは淡《あわ》い酸味を含み、舌の動きを滑《なめ》らかにさせた。

彼は膣口の襞を掻き回し、オサネまでゆっくり舐め上げていった。

二

「アアッ……、い、いい気持ち……！」

梨花が熱く喘ぎ、クネクネと激しく腰をよじって反応した。

祐二郎もチロチロと執拗《しつよう》にオサネを舐めては、ヌラヌラと滴《したた》る淫水をすすり、豊満美女の体臭に噎《む》せ返った。

「お、お武家に舐められるなんて……、でも、ここはさすがに無理だろう……」

梨花は次第に朦朧《もうろう》となりながら股間を移動させ、彼の顔に白く豊かな尻を密着させてきた。

もちろん嫌ではない。祐二郎は顔中に双丘を受け止めながら、谷間の蕾《つぼみ》に鼻を埋め込み、汗に混じった秘めやかな微香を貪《むさぼ》ってから蕾に舌を這わせていった。

細かな襞を充分に舐めて濡らし、とがらせた舌先を潜《もぐ》り込ませ、ヌルッとした滑らかな粘膜を味わうと、

「あう……、嘘《うそ》……」

梨花は驚いたように呻《うめ》き、キュッと肛門で舌先を締め付けてきた。

祐二郎も厭《いと》わず舌を蠢《うごめ》かせ、目の前にある陰戸の蠢きを見つめた。

彼にとっては必ず女体に行ないたい愛撫《あいぶ》をしているに過ぎないが、梨花の方は相当に舞い上がっているようだ。あるいは亭主にすら、ろくに陰戸を舐めてもらっていないのかも知れない。

やがて梨花は尻を引き離し、再び陰戸を彼の口に押し付けてきた。

さっきより淫水の量が格段に増し、祐二郎は飲み込むほどのヌメリをすすり、オサネに吸い付いていった。

「アア……、気持ちいい、いきそう……」

梨花は喘ぎながら、すでに小さく気を遣《や》る波を受け止めているようにヒクヒクと熟れ肌を痙攣《けいれん》させていた。

しかし、やはり本格的に果てるには一つになりたいようで、やがて自分から股間を引き離してきた。

そして祐二郎を大股開きにさせて腹這い、股間に熱い息を籠もらせながら貪るように舌を這わせてきた。

まずはふぐりを舐め回して睾丸を転がし、生温かな唾液で袋全体を濡らしてから、肉棒の裏側をゆっくり舐め上げてきた。

「ああ、初めて。若い男の匂い……」

梨花が口走りながら先端をしゃぶった。

どうやら亭主しか知らず、子も大きくなって夫婦の情交も煩《わずら》わしくなってから、最近とみに淫気が増してきたのだろう。

「アア……」

祐二郎も、鈴口を舐められ、亀頭を吸われて喘いだ。

梨花はスッポリと喉《のど》の奥まで一物を呑《の》み込み、上気した頬《ほお》をすぼめてチュッと吸い付き、内部ではクチュクチュと執拗に舌をからめてきた。

しかし漏《も》らしたら困ると思ってか、一物を唾液に濡らすとスポンと口を引き離し、身を起こして跨がった。

片膝を突いて幹に指を添え、先端を膣口に押し当てると、気が急《せ》くように腰を沈み込ませていった。

屹立《きつりつ》した一物は、ヌルヌルッと滑らかに肉襞の摩擦《まさつ》を受け、たちまち根元まで呑み込まれた。彼女はぺたりと座り込んで股間を密着させ、まだ動かず若い肉棒を味わうように締め付けた。

「ああ……、硬いわ。奥まで当たる……」

梨花は顔を仰け反《の》《ぞ》らせて喘ぎ、彼の胸に両手を突っ張り、上体も反らせ気味にして身悶《みもだ》えた。

祐二郎も、熱く濡れた肉壺に締め付けられ、股間に重みと温もりを受け止めながらジワジワと高まっていった。

やがて梨花が屈《かが》み込み、彼の乳首に舌を這わせ、熱い息で肌をくすぐりながら吸い付いてきた。そしてときに軽くキュッと歯が立てられた。

「あう……」

「痛いかい？　我慢おし。あんまり可愛《かわい》くて、食べてしまいたいんだから」

彼が呻くと梨花が囁《ささや》き、左右の乳首を交互に吸ってきつく噛《か》んだ。祐二郎は甘美な痛みと刺激に悶え、膣の中でヒクヒクと幹を震わせた。

ようやく口を離すと、梨花は伸び上がるようにして、自分の豊かな乳房を彼の口に押し付けてきた。

祐二郎もチュッと吸い付き、顔中を覆ってくる柔らかな膨《ふく》らみに心地よい窒息感を覚えた。

「こっちも……」

梨花が、交接したまま言い、もう片方の乳首も含ませてきた。

汗ばんだ胸の谷間や腋《わき》から、甘ったるい体臭が濃厚に漂《ただよ》い、鼻腔《びこう》を刺激してきた。

「噛んで、そっと……、アア、いい気持ち……」

梨花が言い、祐二郎が軽くコリコリと歯で乳首を刺激すると、彼女は熱く喘いで膣内の締め付けを活発にさせた。

ようやく気が済むと、彼女は祐二郎の肩に手を回し、完全に肌の前面同士を密着させた。胸に乳房が押し付けられると心地よく弾み、ようやく梨花も緩《ゆる》やかに腰を遣いはじめた。

「ああ……、いいわ……、ね、口をお開け……」

梨花が顔を寄せて言い、祐二郎が口を開くと、そこへ彼女はクチュッと唾液の固まりを吐き出してきた。

「お飲み。美味《おい》しいってお言い」

「美味しい……」

言われて、祐二郎は小泡の多い粘液を味わい、コクンと飲み込んで答えた。

「ああ、可愛い……」

彼女は感極まったように言い、腰の動きを激しくさせながら、上からピッタリと唇を重ねてきた。

ぽってりとした肉厚の唇が密着し、舌が潜り込んできた。

舌をからめると、さらに梨花は生温かな唾液をトロトロと注《そそ》ぎ込み、そのたびに祐二郎も喉を潤《うるお》してうっとりと酔いしれた。

彼女の吐息は熱く湿り気を帯び、白粉《おしろい》のような甘い刺激を含んでいた。それにうっすら混じる金臭い匂いは、鉄漿《かね》の成分なのだろう。

これが新造《しんぞ》の匂いだと思うと、祐二郎は彼女の息を嗅ぐたび甘美な刺激で胸を満たし、下からもズンズンと股間を突き上げはじめた。

「ンンッ……！」

梨花は、彼の舌に吸い付きながら熱く鼻を鳴らし、大量の淫水を漏らして律動を滑らかにさせていった。

そして息苦しくなったように口を離し、熱い息を弾ませながら近々と彼の顔を覗《のぞ》き込んできた。

「ね、もう一つだけ、してみたいことがあるの。顔に、唾《つば》をかけたいわ」

梨花が絶頂を迫らせて囁くと、祐二郎も彼女を見上げて頷《うなず》いた。

「いいのね……」

言うなり梨花は形良い唇をすぼめ、白っぽい唾液を溜《た》めると、思い切りペッと吐きかけてきた。生温かな唾液の固まりが鼻筋を濡らしてヌラリと頬を流れ、彼は甘美な悦《よろこ》びに包まれた。

「ああ……、山ほど無礼なことをしてしまったわ。お許しを……」

梨花は声を上ずらせて言い、彼の顔を濡らした唾液を拭い取るように舌を這わせてきた。

逆に唾液を舌で塗り付ける結果となり、たちまち祐二郎の顔中は美女の唾液でヌルヌルにまみれ、悩ましい匂いに包まれた。

「い、いく……」

もう堪らず、祐二郎は激しく股間を突き上げながら口走り、そのまま昇り詰め

てしまった。大きな快感とともに、ありったけの熱い精汁をドクンドクンと勢いよく内部にほとばしらせると、

「あ、熱いわ。ああーッ……!」

噴出を感じた途端に梨花も声を上げ、そのままガクガクと狂《くる》おしい痙攣を起こして気を遣ってしまった。

膣内の収縮も最高潮になり、祐二郎は心地よい摩擦の中、心ゆくまで快感を貪り、最後の一滴まで出し尽《つ》くしていった。

そしてすっかり満足しながら徐々に突き上げを弱めていくと、

「アア……、溶《と》けてしまいそう……」

梨花も満足げに声を洩らし、熟れ肌の硬直を解いてグッタリと体重を預けてきた。

まだ膣内は名残惜《なごりお》しげにキュッキュッと締まり、刺激されるたび一物が過敏に反応してピクンと内部で跳《は》ね上がった。

「あう……、感じすぎるわ……」

梨花が呻き、押さえつけるようにキュッときつく締め付けてきた。

祐二郎は美女の重みと温《ぬく》もりを受け止め、熱く甘い白粉臭の息を胸いっぱいに

嗅ぎながら、うっとりと快感の余韻《よいん》を噛み締めた。

彼女は暫《しば》し失神したようにもたれかかり、荒《あら》い呼吸を整えていたが、ようやくノロノロと身を起こしてきた。

「ゆ、湯殿へ……、お話は身体を流してから……」

梨花が言い、祐二郎も呼吸を整えて起き上がり、彼女を支えながら一緒に部屋を出ていった。

そして湯殿に入ると、やはり風呂桶《おけ》には水が張られ、彼女はそれを手桶に汲《く》んで互いの股間を洗い流したのだった。

三

「ね、ここに立って、ゆばりを出してみて下さい」

祐二郎は簀の子《すのこ》に座ったまま、目の前に梨花を立たせて言った。こうした性癖があるのを知られると、今までの行為も嬉々《きき》として受け入れたことが分かってあまり得策ではないが、どうにも求めたかったのだ。

「え……、なぜ……」

「どのように出るのか、後学のために見ておきたいのです。国許では医学を学んでいるもので」

彼は出任せを言ったが、まだ快感の余韻で朦朧としている梨花は、素直に目の前に立ち、股間を突き出してくれた。

何しろ尻まで舐めさせ、顔に唾液まで吐きかけたのだから、この上は何をしようと同じと思ったのかも知れない。

さらに祐二郎は、彼女の片方の足を浮かせ、風呂桶のふちに乗せさせた。

そして開いた股に顔を寄せると、陰唇の間から、新たな淫水に濡れて息づく柔肉が覗いた。

「そんなに近くから……？　顔にかかるわ……」

「ええ、別に汚くはないし、すぐ洗うから大丈夫です」

言うと、梨花は下腹に力を入れ、素直に息を詰《つ》めて尿意を高めはじめてくれた。

水に濡れた茂みに鼻を埋めて嗅いだが、やはり濃厚だった匂いも洗われて薄らいでしまった。

舌を這わせると淡い酸味のヌメリが感じられ、柔肉が迫《せ》り出すように盛り上がってきた。

「あうう……、出るわ。離れて……」

梨花が息を詰めて言ったが、そのまま舐めていると、急に内部の味わいと温もりが変化した。そしてポタポタと雫が滴ったかと思うと、たちまちチョロチョロとした一条の流れになっていった。

祐二郎は口に受け、淡い匂いと味を堪能《たんのう》し、恐る恐る飲み込んでみた。

しかし抵抗はなく、続けざまに喉に流し込むと、

「アア……、の、飲んでいるの……？」

梨花が驚いて声を上げ、今にも座り込みそうなほどガクガクと膝を震わせた。

ゆばりの勢いが増すと、口から溢《あふ》れた分が胸から腹に伝い流れ、一物を温かく浸してきた。

しかし急激に勢いが衰《おとろ》え、あとは再び点々と雫が滴るだけとなってしまった。

祐二郎は割れ目に口を付けて余りの雫をすすり、内部に舌を這わせた。

すると、たちまち溢れた淫水に残尿が洗い流され、また淡い酸味のヌメリが満ちていった。

「あうう……、もう駄目《だめ》……」

梨花は足を下ろして呻くと、そのままクタクタと座り込んできてしまった。それを抱き留めて支えると、祐二郎は手桶に水を汲んで彼女の股間を洗い流してやった。

もちろん熟れ肌の感触と残り香に、彼自身はムクムクと回復してしまったが、
「もう堪忍《かんにん》して……、また気を遣ったら寝込んでしまいそうだから……」

勃起に気づいた梨花が恐れるように言った。よほど大きな快楽で、しばらくは充分なのだろう。

祐二郎も本来の役目があるので自重し、水を浴びて気を鎮《しず》めたのだった。

やがて彼は、ふらつく彼女を支えて互いに身体を拭《ふ》き、二人は部屋へ戻って身《み》繕《づくろ》いをした。

梨花も、すっかり気が抜けたようで、当初の気の強さも影を潜《ひそ》め、すっかり神妙になっていた。自分がした無礼の数々を思い出すたび、畏《おそ》れ多さに身震いしているようだった。

「では、お話に戻ります。清次の方は、築地《つきじ》にある知り合いの魚河岸《うおがし》へやって修業させております」

梨花が、気を取り直して口を開いた。

「そうですか」

「お咲は、うちの裏にある離れに匿《かくま》っております」

彼女が言う。

梨花は家付き娘で婿《むこ》養子をもらい、離れは父親の隠居所だったようだが、今は親も死んで空いているので、そこへ咲を匿っているようだった。

「分かりました。ではまずお咲に会わせて下さい」

「ええ、どうか大小は置いていって下さい。怖がりますので」

梨花が、部屋の隅に置いた刀を見て言った。

「承知しました。元よりお咲を責めるつもりはなく、むしろ義父の不始末を詫《わ》びたいのです。その上で、細かな事情を訊くだけですので」

「では、どうぞ。私は少し横になっております。話が済んだら戻ってきて下さい」

梨花は魂《たましい》が抜けたように言い、敷きっぱなしだった布団に横たわった。

祐二郎は立ち上がり、刀を置いたまま勝手口へ言った。裏から出ると、すぐ前にこぢんまりとした離れが建っていた。

「御免《ごめん》、入るよ」

声をかけて中に入ると、奥で慌《あわ》てた気配がし、恐る恐る美少女が顔を覗かせた。

「ああ、お咲だね。梨花さんから許しを得ているのだ。少し話がしたい。私は吉井祐二郎」

上がり込むと、咲はビクリと肩をすくめ、それでも心配させまいという祐二郎の笑顔に小さく頷いた。それに彼が若く、自分とさして歳が違わないことも安心したのだろう。

「よ、吉井様……？」

「ああ、でも私は養子だから、吉井源之介は実の親ではないんだ」

祐二郎が言って腰を下ろすと、咲も身を縮《ちぢ》めて座った。

なるほど、可憐《かれん》な娘である。

笑窪《えくぼ》と八重歯《やえば》が愛らしく、ぽっちゃりとした健康的な肌をして、好色な源之介が淫気を起こすのも無理からぬ美貌《びぼう》であった。

「まず、話をする前に謝らなければならない」

祐二郎は言って座り直し、両手を突いて深々と頭を下げた。

「義父が迷惑をかけた。此度《こたび》の騒動も全て義父のせいだ。許してくれ」

「そ、そんな……、お顔をお上げ下さいませ……」

咲が驚いてにじり寄り、息を弾ませて言った。

ふんわりと、生ぬるく甘酸《あまず》っぱい息の匂いが感じられ、回復している一物がゾクリと震えてしまった。

「いや、まず詫びねば何も始まらぬ。その上で、あの夜の経緯を詳しく聞きたいのだが……」

顔を上げて言うと、咲も小さく嘆息《たんそく》し、記憶をたどりはじめた。

「あの夜、藩のお偉い方たちが寄り合いをしていました。談合を終えてお酒の席になり、だいぶ賑《にぎ》やかになった頃に廊下で、厠から戻られる吉井様に声をかけられましたが、振り返ると抱き締められ、口吸いをされそうになりました」

咲が、モジモジと言うが、そのあとの恐ろしい光景を思い出したか身震いした。

「ああ、本当に済まない。それで、唇を奪われてしまったか」

「いいえ、おやめ下さいと声を上げると、ちょうど通りかかった清次さんが来てくれて、この娘は私の許婚《いいなずけ》なのでご勘弁をと言い」

咲が言う。

最初は清次も下手に出て、酔った源之介を懸命に宥《なだ》めようとしたらしい。

「なに、許婚？　構わん。ほんの少し触れるだけだ」

源之介が言い、なおも執拗に咲を求めたらしい。

日頃は居丈高《いたけだか》な人間ではないのだが、酒が入るとどうにも好色漢の本性が表に出てしまうのだ。

「どうか、おやめ下さいませ……」

清次が割って入り、暫し揉み合いになったところで、源之介が縁側から足を踏み外し、庭へ転げ落ちたのだった。

「だ、大丈夫ですか……」

驚いた清次と咲が降りて声をかけたが、すでに源之介は庭石で頭を打ち、動かなくなっていたのだ。

「お、お武家を殺してしまった。死罪になるよりは、このまま一緒に江戸へ逃げてくれ……」

清次は言い、咄嗟《とっさ》に源之介の懐中にある財布を奪い取っていた。

「そ、そんな、私は……」

「いいか、原因はお前なのだから、二人とも只では済まないぞ。川まで走れば舟がある。決して誰も追ってこられない」

清次が言い、咲の手を握って、そのまま逃避行が始まったのだった。

「そうか……」

話を聞き、祐二郎は腕組みをして頷いた。

「そのとき、素直に届け出ていれば大事にはならなかったのだが、お咲は本当に清次の許婚だったのか？」

「いいえ……、清次さんが勝手に思い込み、何かと金を貯めて一緒に江戸へ行こうと言い寄ってきていただけです……」

「でもお咲は、清次を好いていたのだろう？」

「いいえ、清次さんは、私が墨田屋の縁者だと知っていたから近づいたのではないかと……。もともと清次さんは気性が荒く、剣呑《けんのん》な感じがして、私は好きではありませんでした……」

剣呑などという言葉を使うところをみると、咲はかなり頭が良いのだろうと彼は思った。

「そうだったのか……」

どうやら、相思相愛ではなかったようだ。それなら、なおさら咲には微塵《みじん》も罪は無く、勝手に引っ張り出されただけだったのだ。

四

「しかし旅の途中や、江戸へ来てから、清次と情交してしまったか？」

祐二郎は、気になって訊いてみた。

嫌がるかと思ったが、咲はすぐに首を横に振った。

「いいえ、何もしていません。舟が恐かったし、私は酔って具合が悪くなりました。江戸へ着いてここを訪ねると、梨花さんがすぐに清次さんを私から離し、修業に出させたのです」

なるほど、実に梨花は頼りになる女将だった。してみると、咲はまだ生娘《きむすめ》のままであり、清次もまた江戸へ来てしまえば、小娘への執着《しゅうちゃく》など消え去ってしまったのかも知れない。

咲の二親は、相次いで流行病《はやりやまい》で死ぬまでは墨田屋と手紙の遣り取りなどしており、梨花も咲のことは知っていたのだろう。

「で、お咲はどうする？　清次と所帯を持ちたいわけでないのなら、何事もなく岩槻へ帰れるが」

「梨花さんと相談して、いろいろ考えてみます」

「ああ、それが良い。お前には何の罪科もないから、江戸にしろ岩槻にしろ、好きな方を選べば良いだろう。ただ、清次は国許へ連れ帰らねばならん」

「やはり、死罪になるのでしょうか……」

咲が不安げに言った。別に清次を好いているわけではなくても、自分と関わりのあった者の死は痛ましいのだろう。

「義父の死は、本人の不覚によるものだ。金さえ戻せば死罪にはならない。その辺りのことは私からも良く言っておくつもりだ」

「そうですか」

咲も安心したように答えた。

「あとは、当家と清次の問題だから、お前は何の心配もなく、ここで過ごせば良い。私も清次を連れて国許へ帰るとき、またお前に知らせに来る。そのとき、江戸に残るか岩槻へ帰るか決めれば良いだろう」

「分かりました。お優しい方で安心しました」

咲は言い、平伏して深々と頭を下げた。

「うん、では私は梨花さんに挨拶《あいさつ》して帰る」

祐二郎は笑顔を向け、立ち上がった。

そして離れを出て、勝手口から母屋に入って振り返ると、見送った咲がもう一度頭を下げてから離れに戻っていった。

座敷に入ると、まだ梨花は布団に横たわり、目を閉じていた。

「ああ、お咲との話は済みましたか……」

梨花が気配に目を開け、慌てて身を起こした。

「眠っていていいですよ。話はつきました。お咲には何の罪もないので、用があるのは清次だけです」

「そう、あの男はどうも嫌な目つきをしていて、お咲には近づけたくないんです。築地の大川屋《おおかわや》という魚河岸にいますので」

梨花からは、不憫《ふびん》な咲の親代わりになろうという意気込みが感じられた。

「ええ、明日にも義姉と一緒に訪ねてみます」

祐二郎が言い、刀の方へ行こうとすると、いきなり梨花が縋《すが》り付いてきた。

「どうか、もう少しだけ……」

どうやら一眠りし、また淫気が甦《よみがえ》ってしまったらしい。

「あんなことをさせて、今も胸が震えています」

「いいえ、初めて女に触れて、とっても嬉しかったです。梨花さんのことは一生忘れませんので」

「どうか、江戸にいる間は何度もここへ来て下さいませ。しばらく私だけですので」

梨花が熱っぽい眼差しで囁いた。

湿り気ある息が、寝起きのせいかさっきより濃く匂い、その刺激が一物に伝わってきてしまった。

祐二郎も、湯殿で回復しているし、今は可憐な咲に会ったばかりなので、すぐにもムクムクと勃起していった。

そのまま唇を重ねると、

「ンンッ……」

梨花は熱く鼻を鳴らし、ネットリと舌をからめてきた。そしてかぐわしい息を弾ませながら、袴の裾《すそ》から手を挿し入れてきたので、また彼は紐《ひも》を解いて袴を脱ぎ去ってしまった。

「どうか、お口でさせて下さいませ。また気を遣ると、お咲の食事の仕度《したく》も出来なくなってしまいますので」

梨花が口を離して言うので、祐二郎も袴と下帯だけ脱ぎ去り、布団に仰向けになった。そして梨花に添い寝してもらい、充分に高まるまで指で愛撫してもらい、再び唇を重ねて甘い唾液と吐息を与えてもらった。

梨花もニギニギと一物を揉み、舌をからめながら甘い吐息を心ゆくまで嗅がせてくれた。

「唾を飲ませて。いっぱい……」

「どうか、ご勘弁を……」

梨花が息を震わせて嫌々をした。

「本当に飲みたいのです」

言うと梨花も意を決して生温かな唾液をたっぷり分泌《ぶんぴつ》させ、口移しにトロトロと注ぎ込んでくれた。祐二郎は小泡の多い粘液を味わい、うっとりと喉を潤して高まっていった。

そして唾液と吐息を吸収し、しなやかな指の愛撫に絶頂を迫らせた。

「い、いきそう……」

彼が口走ると梨花もすぐ移動して一物に顔を寄せ、先端をしゃぶり、幹を揉みしだきながら喉の奥まで呑み込んできた。

「ああ……」

祐二郎は快感に喘ぎ、美女の口の中でヒクヒクと幹を震わせた。

離れには可憐で無垢な美少女がいるのに、母屋で淫《みだ》らなことをしているという状況で、さっきとはまた違う興奮が湧《わ》いた。

梨花は深々と含み、舌鼓《したつづみ》でも打つように舌の表面と口蓋《こうがい》で亀頭を挟《はさ》み付けて吸い、さらに顔を小刻《こきざ》みに上下させ、濡れた口でスポスポと強烈な摩擦を繰り返してくれたのだ。

「いく……、アアッ……！」

祐二郎はひとたまりもなく昇り詰め、喘ぎながら勢いよく精汁をほとばしらせた。

「ンン……」

梨花も熱い噴出を喉の奥に受け止めながら鼻を鳴らし、なおも吸い出してくれた。

祐二郎は腰をくねらせて快感を味わい、心置きなく美女の口に最後の一滴まで出し尽くしてしまった。

やがて、反り返って硬直していた身体から力を抜き、グッタリと身を投げ出すと、梨花も吸引を止《や》め、亀頭を含んだまま口に溜まった精汁をためらいなくゴクリと飲み込んでくれた。

「く……」

嚥下《えんげ》とともに口腔がキュッと締まり、祐二郎は駄目押しの快感に呻き、ピクンと幹を震わせた。

ようやく梨花も口を引き離し、なおもしごくように幹を握り、鈴口から滲《にじ》む余りの雫を丁寧《ていねい》に舐め取ってくれた。

「あうう……、ど、どうか、もう……」

彼は過敏に反応しながら、降参するように腰をよじって言った。

梨花も舌を引っ込めて顔を上げ、大仕事でも終えたように太い息をついた。

「美味しかった……。力が湧いてくるようです……」

彼女が淫らに舌なめずりして言った。最初は伝法《でんぽう》な感じすらする新造だったが、いったん大きな快楽を得てしまうと誰より女らしく、少女のように可愛らしくさえ思えるから不思議である。

「気持ち良かったです。有難《ありがと》うございました……」

祐二郎も律儀に礼を言い、呼吸を整えて余韻を味わってから身を起こした。

「どうか、またきっと来て下さいましね」

「ええ、もちろんです。では」

やがて彼も身繕いをし、墨田屋を出て藩邸へと戻っていったのだった。

五

「お帰りなさいませ。ではお話を」

祐二郎が藩邸に入ると雪江が出迎え、そこへちょうど、貴枝と平吉も帰ってきたのだった。

「なるほど、築地の魚河岸ですか。あの辺りは荒くれもおおござんすから、あっしもお供致します」

平吉が言う。三十年配で仕事は飾り職人。目端が利くので同心から小遣いをもらい岡っ引きをしていた。

「では明日。あっしはこれで」

庭先で明日の約束だけすると、すぐに平吉は帰っていった。

あらためて三人で部屋に入り、祐二郎は今日の報告をした。

「そうか、お咲に会えたか」

貴枝が言う。

祐二郎が、一人で墨田屋に出向いたことは気にしていないようだ。その間、自分も平吉とあちこち廻っていたのである。

「では、梨花さんがお咲と清次を引き離したのですね」

雪江も、祐二郎の話を聞いて納得したようだ。

「ええ、手に手を取って逃げたわけではないので、少し気が楽になりました。清次一人を連れ帰る場合、お咲に泣かれるのも辛《つら》いですから」

祐二郎は言ったが、明日にも解決してしまったら、すぐ国許へ帰らなければならず少々名残惜しかった。

「私は歩き回るだけで役に立たず済まぬ。でも平吉のおかげで、江戸市中の地理に明るくなった」

貴枝は、市中にあるあちこちの道場でも渡り歩きたいような口調で言った。祐二郎と理由は違うが、やはり江戸の空気に触れ、離れがたく思いはじめているのかも知れない。

それでも、勝手に長逗留《ながとうりゅう》するわけにいかないのが辛いところだった。

やがて祐二郎は侍長屋へ戻った。大小を置いて袴を脱ぎ、布団を敷いて少し寛《くつろ》いでいると、そこへ貴枝が入ってきた。

「間もなく清次は見つかろう。近々岩槻へ帰ることになるが、いろいろ考えた。やはり私は、お前と夫婦になるのは止《よ》しておく」

「はあ……」

「くにへ戻れば、また剣術指南役の職があるし、お前もいずれ勘定方を継ぐことになろう。私は、たまにお前と情交出来ればそれで良いと思うのだが、それはふしだらだろうか」

貴枝が、じっと彼の目を見つめて言う。どうやら本当に、よくよく考えた結論のようだ。

「いいえ。私も、いつまでも義姉上と呼んでいたい気が致します」

「そうか。私も姉弟で良い。淫らな姉と弟だが」

貴枝が言い、にじり寄ってきた。どうやら互いに、それがちょうど良い距離感であると思ったようだ。

祐二郎がもたれかかると、貴枝は座ったまま彼を抱きすくめ、唇を重ねてきた。

柔らかな唇が密着し、唾液の湿り気とともに、濃厚な花粉臭の息が鼻腔を刺激してきた。

舌が侵入してきたので歯を開いて受け入れ、彼もネットリとからみつけた。

「ンン……」

貴枝が熱く鼻を鳴らし、少しでも奥まで舐めようとグイグイ口を押し付けた。

彼の口の中を隅々まで舐め回し、滑らかに蠢く舌は別の生き物のようで、生温かくトロリとした唾液にまみれていた。

貴枝は、執拗に舌を蠢かせながら、もどかしげに脇差を置いて袴を脱ぎはじめた。

どうやら最後までしないと気が済まないようだ。

もちろん祐二郎も、梨花としたあとだが、相手さえ替わればすぐにも万全の淫気で臨むことが出来、ムクムクと勃起していった。

ようやく口を離すと、互いに乱れた着物を完全に脱ぎ去り、全裸になって布団に横たわった。

「一度知ったら、もう我慢できない。誰もが、この快楽の魔性に溺《おぼ》れるものなのか」

貴枝が、汗ばんだ肌を密着させながら言う。

ある意味、肌の相性が抜群だったのだろう。それは見かけでは分からず、してみて初めて分かることに違いない。

しかし祐二郎は、ある意味どんな女とも合うような星を持っているようだった。

「して、好きなように……」

貴枝が仰向けになって身を投げ出し、打って変わってしおらしい声でせがんだ。

祐二郎も乳首に吸い付き、コリコリと勃起した乳首を舌で転がしながら、左右とも交互に含んで舐め回した。

「ああ……、嚙んで……」

貴枝が身悶えながら言った。過酷な稽古《けいこ》に明け暮れてきたから、痛いぐらいの刺激がちょうど良いのかも知れない。

彼も歯を立て、葡萄《ぶどう》でも味わうようにキュッキュッと嚙んで愛撫した。

「アア……、いい、もっと強く……」

貴枝が身をよじり、さらなる刺激を求めてきた。

祐二郎は充分に味わってから、義姉の腋の下にも鼻を埋め、湿った腋毛に籠もった甘ったるい濃厚な汗の匂いで胸を満たした。

そして汗の味のする肌を舐め降り、引き締まった腹部から腰、逞《たくま》しい脚を舌でたどっていった。

足裏も舐め回し、太い指の間にも鼻を割り込ませ、汗と脂に湿って蒸れた匂いを貪った。今日も歩きづめで、まだ水も浴びていないから、濃厚な匂いが悩ましく鼻腔を刺激した。

爪先をしゃぶり、両足とも味わうと、

「あう……、そのようなところ、どうでもいいから……」

貴枝は激しく淫気を高め、肝心な部分への愛撫をせがんできた。

祐二郎も焦《じ》らさず、すぐに腹這い、長い脚の内側を舐め上げ、股間に顔を進めていった。

見ると、陰戸はまるで水飴《みずあめ》でも垂《た》らしたように大量の淫水にまみれ熱気を籠もらせていた。

先に彼は義姉の両脚を浮かせ、白く丸い尻の谷間に鼻を埋め込んだ。

蕾に籠もる生々しい匂いを貪り、舌を這わせてからヌルッと潜り込ませた。

「く……！」

貴枝は呻いて肛門を締め付けたが、やはりここでもなく、肝心な部分を舐めて欲しいように脚を下ろし、股間を突き出してきた。

祐二郎も、ようやく彼女の割れ目に口を付け、舌を這わせながら茂みに籠もった汗とゆばりの匂いで胸を満たした。

膣口の襞を掻《か》き回すように舐めると、淡い酸味のヌメリが舌の動きを滑らかにさせた。そのまま大きなオサネまで舐め上げ、まるで女が亀頭をしゃぶるように含んで吸い付いた。

「アアッ……、いい……、そこも噛んで……」

貴枝が身を弓なりに反らせてせがんだ。

大丈夫だろうかと思いつつ、そっと歯でオサネを挟み、小刻みにキュッキュッと噛んでやると、

「ああーッ……、もっと強く……、噛みちぎっても良い……」

貴枝は激しく声を上ずらせ、内腿できつく彼の両頰を締め付けてきた。

祐二郎ももがく腰を抱え込んで押さえ、執拗にオサネに歯を立てては、大洪水

になった蜜汁をすすって喉を潤した。

「い、いきそう……、もう良い、今度は私が……」

貴枝が彼の顔を股間から追い出して、身を起こして言った。

入れ替わりに祐二郎が仰向けになると、すぐにも貴枝は屈み込み、屹立した亀頭をしゃぶり、スッポリと根元まで呑み込んできた。

墨田屋で水を浴びたし、最後は梨花の口に放出したのだが、そんな痕跡《こんせき》に気づくはずもなく、貴枝は夢中で舌をからませ、上気した頬をすぼめて吸い付いた。

「ああ……、義姉上……」

祐二郎は快感に喘ぎ、義姉の口の中で唾液にまみれた幹をヒクヒク震わせた。

貴枝も貪るように吸い付き、熱い息を股間に籠もらせたが、心配することもなく嚙まれるようなことはなかった。

そして充分に唾液にまみれさせるとスポンと口を引き抜き、忙しげに身を起こして跨がってきた。

先端を膣口に受け入れ、ヌルヌルッと一気に根元まで納めて座り込んだ。

「アアッ……、気持ちいい……!」

貴枝が顔を仰け反らせて喘ぎ、キュッキュッと味わうように締め付けてきた。

祐二郎も肉襞の摩擦と艶《なま》めかしい収縮に包まれ、急激に高まりながら内部で幹を震わせた。

やがて彼女が身を重ね、緩やかに腰を遣いながら再び唇を求めてきた。

「義姉上、唾を飲ませて……」

囁くと、貴枝も懸命に唾液を溜め、口を寄せてクチュッと吐き出してくれた。

「ああ、美味しい……」

「味などないだろうに」

彼が飲み込んでうっとりと言うと、貴枝は言い、そのまま唇を重ねて舌をからめてきた。

祐二郎も下からしがみつき、ズンズンと股間を突き上げながら快感を高め、美しくも逞しい義姉の唾液と吐息に酔いしれた。

そして貴枝のかぐわしい口に鼻を擦りつけると、彼女も甘い息を弾ませて顔中に舌を這わせてくれた。

「アア、可愛い。青頭巾のように、食い尽くしてしまいたい……」

貴枝が口走り、腰の動きを速めながら、とうとう気を遣ってしまった。

「い、いく……、気持ちいいッ……！」

言いながらガクガクと痙攣し、膣内の収縮を激しくさせた。

祐二郎も、顔中義姉の唾液にまみれ、悩ましい匂いの渦《うず》の中で昇り詰め、熱い精汁を内部にほとばしらせた。

あとは互いに股間をぶつけ合い、快感を貪り合った。

全て出し切ると、祐二郎は突き上げを止め、グッタリともたれかかった貴枝の重みを受け止めた。

と、そのとき入り口から覗いていた雪江が、そっと帰ってゆく姿がチラと見えたのだった……。

第四章　生娘《きむすめ》は青い果実の匂《にお》い

一

「何でえ、さむれえの使いか」

大川屋から出て来た男が訪《とぶら》うた平吉に言い、後ろにいる祐二郎と貴枝を見た。

滅多に武士の来ない界隈《かいわい》なのだろう。何事かと河岸《かし》の連中も出て来た。

大川屋は河岸の中でも大きな卸問屋《おろしどんや》で、釣《つ》り上げた魚をまとめ、多くの魚屋が買いに来ていた。

山間育ちの祐二郎と貴枝には、多くの魚の生臭い臭いが少々きつかった。

「最近こっちに来たばかりの、清次って男に会いたいんですが」

平吉が言うと、男は平吉よりも、背後にいる武士たちが気に入らないように顔を歪《ゆが》めた。

「清次？　さむれえが捜すような兇状《きょうじょう》持ちなのかい」

「用があるから来たのだ。清次は居るのか居ないのか！」

焦《じ》れたように貴枝が前に出て怒鳴《どな》った。

「おう、すっこんでろ、サンピン。ここはお武家の威光など通用しねえぜ」

男が、大柄な貴枝に圧倒されながらも、ドンとその胸を突いた。

「へ……？　胸が柔《やわ》らかい。女か……」

「無礼者！」

男が貴枝の乳房を感じて呆然《ぼうぜん》とすると、貴枝がすかさずその腕を捻《ひね》り上げた。

「私は岩槻藩剣術指南役、吉井貴枝。清次は父の敵《かたき》である！」

「い、いててて……」

男は顔をしかめて悲鳴を上げた。周囲の者たちも気色ばんで貴枝を取り囲もうとしたが、男が首を横に振った。

「そ、そんな大変な野郎だったのなら、こっちも迷惑だ。おい、清次を呼んでこい」

男が手近な者に命じると、貴枝もその腕を放してやった。

他の者が大川屋へ飛び込んでいったが、なかなか出てこなかった。

「匿《かくま》っているのじゃあるまいな」

貴枝が中に入ろうとすると、数人の男たちが出て来た。

「せ、清次がいねえ。しかも、手文庫の金を持ち逃げしやがった……」

「なに……！」

言われて、男が中に飛び込んでいった。それに貴枝も続いたが、平吉が祐二郎を振り返った。

「祐二郎様は、念のため墨田屋へ行って下さい。清次が立ち寄るかも知れやせん。ここは貴枝様とあっしが」

「分かった」

祐二郎は頷《うなず》き、後を任せて踵《きびす》を返し、墨田屋へと向かっていった。

大川屋の裏は水路もあるが、路地も入り組んで追うのも面倒だ。平吉は、鈍《にぶ》そうな祐二郎を墨田屋へ向かわせたのだから、なかなか聡明な判断だった。

それにしても、いつもながら清次の逃げ足は速かった。

恐らく表で悶着《もんちゃく》を起こしている貴枝の、岩槻藩という言葉を聞くなり行動を起こしたのだろう。

あるいは、追っ手が来たらどのように逃げるか、どこに金があるかも調べておいたのかも知れない。

とにかく祐二郎は、一人墨田屋へと急いだ。

やがて着くと、相変わらず店は休業で表の戸は閉まっている。

脇の路地から母屋《おもや》の玄関を訪ねたが、そこも開かなかった。

すると離れから、咲が顔を出したのだ。

「梨花さんは出ています。知り合いの急な通夜らしく」

「そう、じゃ上がらせてもらう」

祐二郎は言い、咲と一緒に離れに入った。

「清次が、魚河岸から金を持って逃げた」

「まあ……」

「あるいはここへ立ち寄るかも知れないので、見張らせてもらう」

言うと、咲は恐そうに身を縮《ちぢ》めた。

「ろくに知らない江戸で、どうするつもりでしょう……」

「清次の身を案じるか？」

「いいえ、出来れば縁を切りたいのですけれど……」

「ならば良い。どちらにしろ国許《くにもと》へ連れ帰る」

祐二郎は言いながら、咲の可憐《かれん》な顔立ちと、怯《おび》えて弾《はず》む息遣いに、こんな最中だというのに股間が熱くなってきてしまった。

「本当に、ここへ来るでしょうか」

「いや、念のためだ。清次だって、ここへ手が回ることぐらい察するだろうし、すでにお咲の身より金の方が大事だろうから、来る見込みは薄い」

「そうですか……」

彼女は答えたが、なおも震えていた。

祐二郎は思わずにじり寄り、そっと咲を抱きすくめてしまった。

驚いたり嫌がるかと思ったが、彼女は手を回して祐二郎に縋《すが》り付いてきた。一人きりの留守番が心細かったのだろうが、祐二郎に対して好印象を持っていたのかも知れない。

島田《しまだ》の髪が甘く匂《にお》い、襟足《えりあし》からは甘ったるい汗の匂いも洩《も》れ漂《ただよ》ってきて、いつしか祐二郎は激しく勃起してしまっていた。

顔を覗《のぞ》き込むと、頬《ほお》の産毛《うぶげ》が白桃のように新鮮で、ぷっくりした小さな唇が何とも美味《おい》しそうだった。

彼は咲の顎《あご》に手をかけて上向かせ、とうとう唇を重ねてしまった。

「ウ……」

彼女は小さく声を洩らしたが拒《こば》まず、長い睫毛《まつげ》を伏せてじっとしていた。好色な源之介が欲した生娘の唇を、息子の祐二郎が奪ってしまったのだ。

美少女の唇は柔らかく、微《かす》かな弾力と唾液の湿り気が愛らしかった。

舌を挿《さ》し入れて唇の内側を舐《な》め、さらに滑《なめ》らかな歯並びをたどると、愛らしい八重歯《やえば》に触れた。

そして着物の上からそっと胸の膨《ふく》らみを探ると、

「ああッ……」

咲が口を離し、息苦しそうに喘《あえ》いだ。

口から洩れる吐息は熱く湿り気を含み、胸の奥が切なくなるほど甘酸《あまず》っぱい匂いがした。

祐二郎は彼女の喘ぐ口に触れんばかりに鼻を寄せ、果実臭の息を嗅《か》ぎ、再び唇を重ね、舌を潜《もぐ》り込ませていった。

咲も受け入れ、さっきよりきつく祐二郎にしがみついてきた。

美少女の舌を探ると、滑らかな感触と生温かな唾液のヌメリが伝わり、からませるうち咲の舌もチロチロと可憐に蠢《うごめ》いた。

彼は咲の清らかな唾液とかぐわしい吐息に酔いしれ、もう後戻りできないほど興奮を高めてしまった。

「ああ、可愛《かわい》い……」

祐二郎は感極まったように言い、執拗《しつよう》に美少女の舌を舐めては、溢《あふ》れる唾液をすすった。

咲もすっかり頬を染め、熱く息を弾ませて朦朧《もうろう》となってきたようだ。

「ね、脱いで……」

「でも、誰かが……」

囁《ささや》くと、咲が心細げに答えた。

「大丈夫。清次は来ないだろうし、捕縛しての報告もだいぶ先だろう。それにまずは母屋を訪ねる声がするだろうから、こちらへ来るまで充分に繕《つくろ》えるよ」

言うと咲も、祐二郎に離れ難《がた》いものを感じているのか、素直にこっくりし、帯を解きはじめた。

祐二郎も脇差《わきざし》を抜いて置き、手早く袴《はかま》と着物を脱ぎ、彼女の布団《ふとん》を敷き延《の》べてしまった。

咲もノロノロと着物を脱ぎ、さらに襦袢《じゅばん》と腰巻まで取り去った。

彼は全裸になり、やはり一糸まとわぬ姿になった咲を布団に仰向《あおむ》けにさせた。

咲は息を弾ませて目を閉じ、両手で胸を隠していた。

添い寝し、やんわりと手を引き離すと、形良い膨らみと、初々《ういうい》しく淡《あわ》い色合いの乳首と乳輪が見えた。

ぽっちゃりした肢体は健康的な小麦色で、乳房も尻ももっと豊かになりそうな感じだった。そして今まで着物の内部に籠《こ》もっていた熱気が、甘ったるく可愛らしい汗の匂いを含んでユラユラと立ち昇ってきた。

祐二郎は屈《かが》み込み、吸い寄せられるように薄桃色の乳首を含み、舌で転がしながら膨らみに顔中を押し付けていった。

「アア……」

咲がビクッと顔を仰《の》け反《ぞ》らせ、小さく喘いだ。

祐二郎はチロチロと舐め回し、もう片方も含んで舌を這《は》わせた。刺激に、陥没《かんぼつ》しがちだった乳首も、次第にコリコリと硬くなってきた。

チュッと吸い付くと、

「い、いた……」

咲がビクリと肌を震わせ、小さく声を洩らした。

「ごめんよ。まだ強く吸うと痛いんだね」

祐二郎は言い、吸引を止めて舌の愛撫《あいぶ》だけにした。

すると、今度はくすぐったそうにクネクネと身悶《みもだ》え、甘ったるい匂いが濃く揺らめいてきた。

祐二郎は彼女の腕を差し上げ、腋《わき》の下に鼻を埋《うず》め込んだ。和毛《にこげ》が汗に湿り、可愛らしい体臭が鼻腔《びこう》を甘く刺激してきた。

彼は充分に嗅いでから、滑らかな肌を舐め降りていった。

二

「ああ……、駄目《だめ》……」

脇腹を舐めると、また咲はくすぐったそうに身をよじらせ、声を震わせた。

祐二郎はスベスベの肌を味わい、真ん中に移動して愛らしい縦長の臍《へそ》を舐め、張りのある下腹に顔を埋め、心地よい弾力を味わった。

そして腰からムッチリとした太腿《ふともも》へ降り、脚を舐め降りて足の裏にも舌を這わせていった。

「アアッ……！」

咲は喘ぎ、もう自分の身に何が起きているかすら分からなくなっているようだ。

可愛い足裏を舐め回し、縮こまった指の股《また》に鼻を割り込ませると、そこは汗と脂《あぶら》に生ぬるく湿り、蒸《む》れた匂いが濃厚に沁《し》み付いていた。

祐二郎は爪先《つまさき》にしゃぶり付き、全ての指の間を舐めてから、もう片方の足も味と匂いが薄れるほど貪《むさぼ》った。

咲は、少しもじっとしていられないようにクネクネと悶えた。

やがて祐二郎は脚の内側を舐め上げ、白くムチムチとした内腿をたどり、熱気と湿り気の籠もる股間に迫っていった。

羞恥《しゅうち》に閉じようとする両膝を開いて押さえ、中心部に目を凝《こ》らすと、そこに無垢《むく》な陰戸《ほと》が息づいていた。

ぷっくりした丘には楚々《そそ》とした若草がほんのひとつまみほど淡く煙《けむ》り、丸みを帯びた割れ目からは僅《わず》かに桃色の花びらがはみ出していた。

指を当ててそっと左右に広げると、中の柔肉が見えた。

無垢な膣口は襞《ひだ》が入り組み、ポツンとした尿口も確認でき、包皮の下からも小粒のオサネが光沢ある顔を覗かせていた。

彼の視線と息に、咲はヒクヒクと白い下腹を波打たせていた。

清らかな眺《なが》めに堪《たま》らず、祐二郎はギュッと顔を埋め込んでいった。

柔らかな恥毛に鼻を擦《す》りつけると、甘ったるい汗の匂いとほのかなゆばりの刺激が半々に入り交じり、悩ましく鼻腔を掻《か》き回してきた。

(ああ、これが生娘の匂い……)

祐二郎は胸いっぱいに嗅ぎながら思い、その刺激に一物を震わせた。

舌を這わせると、張りのある陰唇の表面は汗かゆばりの味わいがあり、中に差し入れて膣口の襞をクチュクチュ舐め回すと、やはりほのかに生ぬるい酸味のヌメリが感じられた。

柔肉をたどって小さなオサネまで舐め上げていくと、

「あう……！」

咲が息を詰《つ》めて呻《うめ》き、キュッと内腿で両頬を挟《はさ》み付けてきた。

祐二郎は腰を抱え、舌先でチロチロとオサネを刺激した。

「アア……、駄目、どうか止《や》めて下さい……」

咲が顔を仰け反らせて言った。

「ここ、気持ちいいでしょう？」

「何だか、恐いです……」

「自分でいじったことは？」

股間から訊《き》くと、咲は小さくかぶりを振った。

では、自分でいじる快感も知らないのだろう。それでも十七ともなれば知識もあるだろうし、充分すぎるほど感じるはずだ。

その証《あか》しに、オサネを舐められるうち割れ目内部にネットリとした蜜汁が満ちてきたではないか。

彼はヌメリをすすってから咲の両脚を浮かせ、白く丸い尻の谷間に顔を埋め込んでいった。可憐な薄桃色の蕾《つぼみ》に鼻を埋め込んで嗅ぐと、秘めやかな微香が可愛らしく籠もり、悩ましく鼻腔を刺激してきた。

祐二郎は胸いっぱいに嗅いでから舌先でくすぐり、中に潜り込ませてヌルッとした粘膜も味わった。

「ああッ……、い、いけません……」

咲が喘ぎながら、キュッキュッと肛門で舌を締め付けてもがいた。

彼は双丘に顔中を密着させて内部で舌を蠢かせ、ようやく脚を下ろして再び陰戸を味わった。

「も、もう……、堪忍《かんにん》……」

咲は朦朧としながら息を震わせ、小さく気を遣《や》るように肌を痙攣《けいれん》させた。

ようやく祐二郎も顔を引き離し、添い寝して腕枕した。

「いじって……」

彼女の手を取って囁《ささや》き、一物へ導くと、咲も恐る恐る探ってくれた。汗ばんで柔らかな手のひらが、やんわりと肉棒を包み込み、ニギニギと動かしてきた。

「ああ、気持ちいい……」

祐二郎はうっとりと喘ぎ、仰向けになりながら、徐々に咲の顔を股間の方へと押しやった。

彼女も素直に移動し、やがて一物に顔を寄せてきた。

股間を見ると、咲の無垢な眼差《まなざ》しが先端に注《そそ》がれ、なおも指を這わせながら、初めて見て触れる男を観察しているようだ。

なおも彼が腰を突き出し、先端を咲の唇に迫らせると、彼女もチロリと舌を伸ばして鈴口を舐めてくれた。

「アア……」

祐二郎が喘ぐと、彼女もその反応を嬉《うれ》しがるように舌の蠢きを活発にさせてきた。

滲《にじ》む粘液を舐め取り、特に不味《まず》くなかったか、張りつめた亀頭にもしゃぶり付いてくれた。

熱い息が股間に籠もり、亀頭が生温かく清らかな唾液にまみれると、咲はさらにスッポリと呑み込んできた。

内部ではチロチロと神聖な舌が蠢き、たちまち祐二郎は絶頂を迫らせた。

「ね、入れてもいい？　無理なら諦《あきら》める」

囁くと、咲がチュパッと口を引き離し、彼を見た。

「どうぞ……」

小さく答えると、彼女は甘えるように添い寝してきた。

茶臼《ちゃうす》（女上位）が好きだが、さすがに生娘を上にさせるのは酷と思い、彼は入れ替わりに身を起こしていった。

大股開きにさせ、股間を進めていくと、咲は少々不安そうではあるが、すっかり覚悟を決めたように身を投げ出していた。あるいは清次に初物を奪《うば》われていたかも知れないが、それよりは祐二郎の方がましのようだ。

唾液に濡れた先端を、幼い淫水にまみれた割れ目に押し付け、位置を定めてゆ

っくり押し込んでいくと、

「く……！」

咲が眉《まゆ》をひそめて呻き、ビクリと肌を強《こわ》ばらせた。

祐二郎は生娘の感触を味わいながら、ヌルヌルッと根元まで挿入し、股間を密着させた。

彼女は声も出せず、呼吸まで止まったように硬直していた。

やはり、同じ無垢でも頑丈な貴枝とは破瓜《はか》の痛みも段違いのようだ。

中は熱いほどの温《ぬく》もりに満ち、動かなくてもキュッキュッと息づくような収縮が繰り返されていた。

祐二郎は肉襞の摩擦《まさつ》と締まりの良い感触を味わいながら、ゆっくりと身を重ねていった。

「大丈夫かい？　無理なら止《よ》すから」

「へ、平気です……」

囁くと、咲が健気《けなげ》に答え、下から両手でしがみついてきた。

彼も咲の肩に腕を回して肌を密着させると、胸の下で乳房が心地よく押し潰《つぶ》れて弾んだ。

長く味わっていたいが、初回は苦痛ばかりだろうから祐二郎はすぐにも腰を遣って絶頂を目指した。

「アア……！」

咲は顔をしかめて喘ぎ、彼の下でクネクネと身悶えた。

それでも潤《うるお》いが思いのほか豊富だし、それに咲も次第に痛みが麻痺《まひ》してきたか、律動が滑らかになっていった。

祐二郎は再び唇を密着させて舌をからめ、清らかな唾液と甘酸っぱい息を吸収しながら動き続け、たちまち大きな絶頂の快感に貫かれてしまった。

「く……！」

突き上がる快感に呻き、そのときばかりは股間をぶつけるように激しく突き動かしてしまった。

「ンンッ……！」

咲も唇を塞《ふさ》がれながら熱く鼻を鳴らし、とにかく激しい波が過ぎ去るのを待つようだった。

彼は心ゆくまで初物を奪った快感を嚙《か》み締め、最後の一滴まで出し尽《つ》くして、徐々に動きを弱めていった。もう咲も失神したようにグッタリと身を投げ出し、荒《あら》い呼吸を繰り返すばかりだった。

やがて完全に動きを止めると祐二郎は唇を離し、美少女の喘ぐ口に鼻を押し込み、果実臭を嗅ぎながら余韻《よいん》を味わった。

まだ狭い内部でヒクヒクと一物が断末魔のように痙攣し、刺激されるたび膣内がキュッと締まった。

「大丈夫?」

訊くと、咲は薄目で彼を見上げ、小さくこっくりと頷いたのだった。

ようやく身を起こし、そろそろと股間を引き離し、懐紙で手早く一物を拭《ぬぐ》ってから咲の股間に潜り込んだ。

陰唇が痛々しくめくれ、膣口から逆流する精汁にはうっすらと血が混じっていたがそれほどの量ではない。祐二郎は初物を奪った証しを目に焼き付けながら優しく拭ってやり、咲はじっと息を詰めてされるままになっていた。

三

「ね、こうして……」

湯殿で互いの全身を洗い流すと、祐二郎は簀の子《すこ》に座ったまま、目の前に咲を立たせて言った。

もう出血は治まり、咲も身体《からだ》を流して生気を取り戻していた。

「ゆばりを出して」

「え……？」

言うと咲が、何を言われたか分からなかったように小首を傾《かし》げて聞き返した。

「ゆばりの出るところが見たいから、どうか少しで良いので」

「そ、そんな……、あん……」

立っている咲の割れ目に舌を這わせると、彼女はガクガクと膝を震わせて喘いだ。

もう茂《しげ》みに籠もっていた体臭も薄れてしまったが、オサネを舐めるうち破瓜の余韻も癒《いや》されるように、次第に新たな蜜汁が溢れてきた。

「アア……、で、出ません……」

「大丈夫、ゆっくり待つから」

咲が息を震わせて言ったが、祐二郎も執拗に舌を這わせ、彼女の腰を抱え込んで押さえつけた。

するとと彼女も、しなければ終わらないと悟《さと》ったように、次第に下腹に力を入れて尿意を高めはじめてくれた。

舐めていると、柔肉の盛り上がる変化が感じられ、やがて温もりと味わいも変わってきた。そして間もなくチョロチョロと温かな流れがほとばしってきたのだった。

「あう……、お許しを……」

咲がか細く言いながら、さらに勢いを付けて放尿した。

祐二郎は舌に受け止め、淡く可愛らしい味と匂いを貪りながら、夢中で喉《のど》に流し込んでいった。

飲み込みながら、何と清らかな味わいだろうと感激した。うんと薄めた桜湯ほどの味わいで、胸の奥にまで甘美な悦《よろこ》びが広がっていった。

それでも一瞬勢いを増した流れも、急激に衰《おとろ》えてしまった。

祐二郎は余りの雫《しずく》をすすり、なおもオサネを舐めると淡い酸味のヌメリが割れ目内部に溜《た》まりはじめた。

「アア……、どうか、もう……」

咲がヒクヒクと下腹を震わせて言い、ようやく彼が舌を引っ込めると、力尽きたようにクタクタと座り込んでしまった。

それを抱き留め、もう一度残り湯で互いの身体を洗い流した。

もちろん彼自身は、もう一回射精しないことには治まらないほど回復してしまっている。

とにかくフラつく彼女を支えて立たせ、互いに身体を拭いて離れの座敷へ戻った。

「そろそろ梨花さんが帰ってくるといけないから、着物を着ると良い」

「はい……」

言うと咲も素直に身繕いをはじめ、祐二郎も着流しで帯を締めた。

もう一回放出するにしろ、立て続けの挿入は気の毒だから指か口でしてもらいたかった。それには彼女も着衣で大丈夫だし、彼も一物だけ出せるようにしておいた方が咄嗟《とっさ》の時に身繕いが楽だろう。

そして祐二郎は布団に横になり、裾《すそ》をめくって一物だけ露出させた。

身繕いを終えた咲も添い寝させ、高まるまで指でいじってもらい、唾液と吐息をもらうことにした。

「ああ、気持ちいいよ、もう少し強めに……」

ニギニギと愛撫してもらいながら言うと、咲も懸命に幹をしごいてくれた。

唇を求めると、咲も上からピッタリと重ねてくれ、チロチロと舌をからめてきた。

滑らかに蠢く舌が何とも美味しく、祐二郎はその感触と指の愛撫にジワジワと絶頂を迫らせていった。

「もっと唾《つば》を出して、いっぱい……」

囁くと、咲も懸命に唾液を分泌《ぶんぴつ》させ、トロリと吐き出してくれた。

その間は指の動きが疎《おろそ》かになるので、せがむように幹をヒクヒクさせると、また動かしてくれた。

口に注がれた生温かな唾液は、小泡が多く適度な粘《ねば》り気があり実に清らかだった。

充分に味わってから飲み込み、さらに開いた口に鼻を押し込み、熱く甘酸っぱい息の匂いも胸いっぱいに吸い込んだ。

「舐めて……」

言うと咲も、一物を揉みながら舌を伸ばし、彼の鼻の穴をチロチロと舐め回してくれた。

「ああ……」

祐二郎は指の刺激と、美少女の唾液と吐息の匂い、滑らかに蠢く舌のヌメリにうっとりと喘いだ。そして充分に高まると、彼は咲の顔を股間に押しやり、彼女も素直に移動してくれた。

大股開きになると咲は真ん中に腹這い、可憐な顔を寄せてきた。

祐二郎は、洗ったばかりなので遠慮なく両脚を浮かせて抱え、尻を突き出した。

すると咲も厭《いと》わず、自分がされたように彼の肛門を舐め回してくれた。

「アア……、中にも……」

せがむと咲も充分に唾液に濡らしてから、ヌルッと舌先を肛門に潜り込ませた。

祐二郎は美少女の清らかな舌先を、モグモグと味わうように肛門で締め付け、ふぐりに熱い息を受けて高まった。

咲の清い舌が肛門に潜り込んでいるというだけで、彼は今にも果てそうになってしまった。

やがて脚を下ろすと、彼女も自然に舌を引き離し、鼻先にあるふぐりを舐めてくれた。滑らかな舌が袋を舐め、二つの睾丸が転がされると、熱い鼻息が肉棒の裏側をくすぐった。

そして幹を震わせると、いよいよ咲も一物を舐め上げ、先端まで来ると鈴口から滲む粘液を舐め取り、亀頭をくわえて呑《の》み込んできた。

小さな口を精一杯丸く開いて含むと、一物は温かく濡れた口の中に包まれた。

咲は笑窪《えくぼ》の浮かぶ頬をすぼめて吸い付き、内部では舌もクチュクチュと亀頭にからみついてきた。

「ああ、気持ちいい……」

祐二郎はうっとりと喘ぎ、ズンズンと小刻《こきざ》みに股間を突き上げはじめた。

「ンンッ……」

咲も喉の奥を先端で突かれるたび小さく呻き、新たな唾液をたっぷり溢れさせ、肉棒を生温かく浸《ひた》してくれた。

「い、いく……、飲んで……」

たちまち彼は大きな絶頂を迎え、溶《と》けてしまいそうな快感に身悶えながら、ありったけの熱い精汁をドクンドクンと勢いよくほとばしらせてしまった。

「ク……」

喉の奥を直撃され、咲は眉をひそめて呻いたが、吸引と舌の蠢きは懸命に続けてくれた。たまに歯が当たるのも新鮮な刺激で、祐二郎は心置きなく最後の一滴まで絞《しぼ》り尽くした。

やはり射精の快感以上に、清い美少女の口を汚す悦びが大きかった。

やがて満足しながらグッタリと身を投げ出すと、咲も亀頭を含んだまま舌の動きを止め、口の中いっぱいに溜まった精汁を何度かに分けて飲み込んでくれた。

「あう……」

ゴクリと喉が鳴って口腔がキュッと締まるたび、祐二郎は駄目押しの快感に呻き、ヒクヒクと幹を震わせた。

全て飲み干すと、ようやく咲も口を引き離し、なおも鈴口に脹《ふく》らむ白濁の雫まで丁寧《ていねい》に舐め取ってくれた。

「アア……、気持ち良かったよ。有難《ありがと》う……」

祐二郎もヒクヒクと過敏に反応しながら言い、うっとりと余韻を味わった。

「不味くなかったかい？」

「はい……」

訊くと、咲も小さく答えた。可憐な表情に曇《くも》りはなく、実際後悔しているふうは見受けられず、祐二郎も安心したものだった。

呼吸を整えると彼も身を起こし、下帯と袴を着けて脇差を帯びた。

と、そのとき母屋の方から物音が聞こえてきた。

祐二郎と咲が離れを出て様子を見ると、喪服の梨花が帰ってきたところだった。

「お帰りなさい」

「ああ、また出ないとならないのよ。お世話になったご隠居だったので、朝まで通夜にも加わりたいのだけれど」

咲が言うと、梨花が答えた。どうやらそれを伝えにいったん戻ってきたようだ。

すると、さらにそこへ貴枝と平吉がやって来たのである。祐二郎は、何もかも済んだあとで良かったと密《ひそ》かに思ったものだった。

「首尾はいかがでしょう」

祐二郎が訊くと、貴枝は首を横に振った。

「河岸の連中も手分けして捜してくれているが、まだ見つからない。こっちへも来ていないようだな」

「ええ」

祐二郎は言い、清次が逃げ回っていることを梨花にも報告した。

「困ったわ。私はまたご隠居の通夜に戻らなきゃいけないのだけど、お咲一人置いていくわけにいかないし、清次が来るかも知れないなら、お二人に泊まって頂きたいのだけれど」

梨花が言い、強そうな貴枝に目を向けた。

「承知した。では祐二郎と一緒に泊まることにしよう」

貴枝が言うと、梨花も辞儀をし、安心して通夜の席へと戻っていった。どうやら貴枝を、屈強な男と思っているらしい。

「じゃ、あっしはお二人が戻らないことを、お屋敷の雪江様に報《しら》せておきます。そしてまた夜回りに出ますので」

平吉も言い、墨田屋を去っていったのだった。

四

「では母屋と離れに分かれよう。どちらに清次が来るとも限らないからな」

日が暮れると、貴枝が言った。

すでに咲があり合わせのものを作ってくれ、三人で夕餉《ゆうげ》は済ませていた。

「では私は咲と離れに行く」

「では、私は母屋に寝ます。金目のものもあるでしょうから」

貴枝が言うと、祐二郎も答えた。そして互いに何かあれば声を掛け合うよう約し、貴枝と咲は離れへ入《はい》っていった。

祐二郎は、行燈《あんどん》も点《つ》けず暗い部屋に床《とこ》を敷き延べて座した。それでも月光が射し、目が慣れれば問題なかった。もちろん寝巻に着替えることもなく、袴姿のまま仮眠する程度になろう。

咲も、恐そうな貴枝より祐二郎と一緒に居たかっただろうが、いざとなれば貴枝の方が彼女を守ってくれるだろう。それに彼も二度射精しているし、咲の初物を奪った思いだけで今宵《こよい》は充分だった。

しかし夜が更けるにつれ目が冴《さ》え、ムラムラと淫気が増してきてしまった。

咲が寝入れば、少しぐらい貴枝と戯《たわむ》れられるのではないかと祐二郎は思った。

全く、江戸へ情交のために来ているようなものだ。

それだけ彼にとって清次の捕縛は重要なことではなく、少しでも長く江戸にいたい気持ちなのである。

それにしても静かだった。夜回りたちの呼子《よびこ》の音も聞こえず、たまに犬の遠吠《とおぼ》えが聞こえるだけである。

祐二郎は厠《かわや》へ立って戻り、眠ってしまうのも早いので、やがて大刀を手にそっと外に出てみた。

月が煌々《こうこう》と照り、秋の夜風が頬に心地よい。

その辺りを少し歩いてみたが異常もないので、離れの方へ近づいてみた。やはり行燈も点けず、二人は寝ているらしい。

すると、か細い声が聞こえた。咲の声らしいが、まさか貴枝に苛《いじ》められているとも思えない。

気になり、そっと戸を開けて顔を差し入れてみた。

「何と可愛い……」

「あ……、恥ずかしいです……」

二人の囁きがはっきり聞こえてきた。

（え……？　まさか……）

祐二郎は中に入って草履《ぞうり》を脱ぎ、足音を忍ばせて様子を窺《うかが》ってみた。

するとは座敷に布団が敷かれ、何と一糸まとわぬ姿になった咲が仰向けにされ、その股間に、着流し姿の貴枝が腹這い、月明かりに照らしてつぶさに美少女の陰戸を覗き込んでいるではないか。

どうやら快楽に目覚めた貴枝は、同じ女の身体にも興味を持ち、男のような気持ちになって愛《め》でているようだった。

そして咲も、最初は恐くて言いなりだったのだろうが、優しくいじられるうち息を弾ませ、あるいはすでに濡れているのかも知れないと思った。

咲も濡れやすく感じやすく、可憐な外見に似合わず快楽への好奇心は旺盛《おうせい》なのではないか。

だからこそ、祐二郎の求めにも応じてくれたのである。

息を殺して覗き込みながら、祐二郎は女同士の行為にムクムクと激しく勃起してきてしまった。

「私のも見て……」

貴枝が裾をまくり、下半身を丸出しにしながら咲の顔に股間を寄せていった。

やがて二人は女同士の二つ巴《どもえ》になり、それぞれの内腿を枕に互いの陰戸に顔を迫らせた。

「オサネが……」

咲が息を呑んで言う。

「男のように大きいでしょう。お咲みたいに可愛くないの」

貴枝が言い、愛撫を望むように股間を突き出し、さらに自分も咲の陰戸に顔を埋め込んでいった。

「アアッ……」

オサネを舐められたか、咲が熱く喘ぎ、クネクネと身悶えた。そして自分も鼻先にある大きなオサネに舌を這わせはじめたのだった。

(す、すごい……)

見ながら祐二郎は、あまりに艶《なま》めかしく強烈な眺めに胸を高鳴らせ、今にも漏らしそうなほど高まってしまった。

咲は一物をしゃぶるようにオサネを舐め、互いの股間に熱い息を籠もらせた。

いったい、どのような会話や行為からこのような展開になったのだろう。

祐二郎は参加したい気持ちを抱きながら、もう少し見ていたいと思った。

「ああ……、なんて気持ちいい……」

貴枝も、可憐な咲に舐められて喘ぎ、熱い淫水を漏らしはじめたようだった。

その証拠に、舐め回す咲の舌がクチュクチュと湿った音を立てはじめている。

「い、入れさせて……」

やがて充分に高まったらしい貴枝が言って身を起こし、仰向けの咲の股間に割り込んでいった。

どうやら大きめのオサネを挿入したいらしく、今の貴枝は完全に美少女を抱く男と化しているようだった。

そして股間を押しつけると、大きなオサネが潜り込んだらしく互いの陰戸が密着して擦れ合った。

「アア……、いい気持ち……」

貴枝が腰を遣って喘ぎ、大柄な彼女にのしかかられて、ほとんど隠れてしまった咲も下で熱く喘いでいた。

もちろん射精するわけもなく、女同士の快楽は延々と続くようだった。

ようやく気が済んだように貴枝が股間を引き離し、身を起こしてこちらを向いた。

「祐二郎。来い」

「え……、はい……」

さすがに貴枝は、彼が覗きに来ている気配を察していたようだ。

呼ばれて驚いたが、祐二郎は嬉々《きき》として部屋に入り、室内に籠もる二人分の女の匂いに激しく勃起した。

「下だけ脱げ。急いで済ませるから、すぐ母屋の見張りに戻るんだぞ」

言われて、祐二郎は刀を置いて手早く袴と下帯を脱ぎ去った。

咲も、とろんとした眼差しで彼を見上げていたが、場所を空けてくれた。

布団の真ん中に仰向けになると、すぐにも貴枝が咲を誘って一緒に彼の股間に顔を寄せてきた。

「さあ、一緒に可愛がってやろう」

「はい……」

貴枝が言い、二人は同時に幹に舌を這わせてきた。どうやら貴枝は咲から、すでに裕二郎と情交してしまったことを聞いたようだ。

「アア……」

祐二郎は、美女と美少女の舌を幹と亀頭に感じて喘いだ。

混じり合った息が熱く股間に籠もり、それぞれの舌先が交互にチロチロと鈴口に這い回った。

溶けてしまいそうな快感に、実際自分は母屋で眠って夢を見ているのではないかと思ったほどだ。しかし二人分の刺激に一物は最大限に膨張し、急激に絶頂を迫らせてしまった。

さらに二人は代わる代わる亀頭をしゃぶり、舌をからめながら吸ってくれたのだ。

それぞれの口の中は微妙に温もりや感触が異なり、滑らかな舌の蠢きはどちらも最高に心地よかった。

「い、いっちゃう……、ああッ……！」

祐二郎は、あっという間に大きな絶頂の快感に全身を貫かれて喘ぎ、熱い大量の精汁を勢いよくドクドクとほとばしらせてしまった。

「く……」

ちょうど含んでいた咲が、第一撃で喉の奥を直撃されて呻いた。

すると貴枝が取り上げてしゃぶり付き、残りの精汁を吸い出してくれた。もちろん咲も、口に飛び込んだ分は飲み込んでくれた。

「アア……」

祐二郎は、それぞれの口に半分ずつ放出し尽くして喘ぎ、グッタリと身を投げ出した。貴枝も全て吸い出して飲み込み、スポンと口を離して顔を上げた。

「さあ、気が済んだら母屋へ戻れ」

「は、はい……」

祐二郎は余韻に浸る余裕もなく、懸命に身を起こして身繕いをした。

貴枝は、まだ女同士の新鮮な快楽に浸っていたいらしく、やがて彼は追い出されるように離れを出て、母屋へ戻ったのだった。

五

(え……？　なんだ……？)

明け方、祐二郎は違和感に目を覚ました。

仮眠のつもりが、すっかり眠り込んでしまっていたようだ。

障子《しょうじ》越しに朝の薄明かりが差し込み、雀《すずめ》の声も聞こえている。明け七つ半(午前五時頃)らしい。

気がつくと彼は全裸にされ、股間には咲が跨《また》がり、貴枝も添い寝していた。

「うわ……」

驚いて声を洩らしたが、すでに眠っているうち愛撫されて勃起し、咲も茶臼(女上位)で交接していた。

どうやら一夜何事もなく、二人も仮眠を終えて母屋へ来ると、祐二郎を脱がせて戯れていたようだった。

「祐二郎、舐めて……」

貴枝が言うなり、ためらいなく彼の顔に跨がってきた。しかも交接している咲と向かい合わせだから、祐二郎から見て下の方に大きなオサネがあり、上の方に尻の谷間が迫ってきた。

祐二郎は顔と股間に美女と美少女の重みと温もりを受け止め、懸命に貴枝の割れ目に舌を這わせた。

潜り込んで茂みに鼻を埋めると、まだ汗とゆばりの匂いが残り、その刺激が一物に伝わり、咲の内部でヒクヒクと震えた。

そして大きなオサネに吸い付き、たっぷり陰戸から溢れているヌメリをすすり、伸び上がって尻の谷間にも鼻を埋め込んでいった。

桃色の蕾には秘めやかな微香が籠もり、舌を這わせて味わうと、貴枝も心地よさそうに尻をくねらせ、向かいにいる咲を抱きすくめた。

「痛い？」

「いいえ、大丈夫です……」

「するうちに、もっとうんと心地よくなる」

貴枝は囁きながら、咲と口吸いする音を響かせ熱い息を混じらせた。

祐二郎も、再び貴枝の陰戸に戻って舐め回し、ズンズンと小刻みに股間を突き上げて咲の肉襞の摩擦と締め付けに高まった。

しかし、まだ咲は気を遣るほど練《ね》れていないだろう。それを貴枝も察して祐二郎の顔から移動し、彼女を一物から引き離した。

そして咲の淫水に濡れた肉棒に跨がり、今度は貴枝が腰を沈めてヌルヌルッと根元まで受け入れていった。

「アアッ……、いい……！」

貴枝は完全に座り込んで喘ぎ、グリグリと密着した股間を擦りつけた。

祐二郎も、立て続けの挿入で濡れた肉襞の摩擦に高まった。

咲は添い寝しながら息を詰め、挿入で激しく感じている貴枝を見つめていた。

貴枝は身を重ねて覆《おお》いかぶさり、徐々に腰を遣いながら彼の口に乳首を押し付け、傍《かたわ》らの咲の顔も抱き寄せて、もう片方の乳首を吸わせた。

「ああ……、すぐいきそう……」

貴枝が二人に乳首を舐められ、徐々に腰の動きを激しくさせて喘いだ。

大量の蜜汁が律動を滑らかにさせ、クチュクチュと淫らに湿った摩擦音も響きはじめた。

祐二郎はコリコリと硬くなった乳首を舌で転がし、顔中に膨らみを受け止めて濃厚な体臭に噎《む》せ返った。さらに貴枝の腋の下にも鼻を埋め込み、腋毛に籠もった汗の匂いを貪りながら、自分からも徐々に股間を突き上げていった。

昨日は昼間も夜も多く射精したが、一眠りしたのですっかり淫気も精汁も元通りになり、今は朝立ちの勢いも手伝って激しく勃起していた。

しかも昨夜のように、相手が二人だと興奮と快感も倍になっていた。

やがて貴枝が、腰を遣いながら上から唇を重ねてきた。しかも添い寝している咲の顔も引き寄せたので、三人が舌をからめたのである。

「ンン……」

貴枝が熱い息を弾ませて呻き、激しく舌を蠢かせてきた。

咲も渇きを癒すかのように吸い付き、祐二郎は二人の混じり合った唾液を吸い、それぞれの舌の滑らかさを味わった。

貴枝の、濃厚な花粉臭の吐息と、咲の甘酸っぱい果実臭の息が溶《と》け合い、鼻腔の奥まで心地よく湿り気を帯び、甘美な悦びで胸が満たされていった。

「もっと唾を出して……」

彼が囁くと、貴枝が唾液を注ぎ込んでくれ、咲も真似《まね》して懸命に分泌させて吐き出してくれた。

生温かく小泡の多い粘液がたっぷりと口の中で入り乱れ、祐二郎はうっとりと飲み込んで酔いしれた。

さらにそれぞれの口に鼻を押しつけると、二人は舌を這わせ、彼の鼻の穴から頬、瞼《まぶた》から耳までペロペロと舐め回してくれた。

「アア、気持ちいい……」

祐二郎は、顔中美女と美少女の唾液にヌラヌラとまみれ、二人分の唾液と吐息の混じり合った匂いに高まった。

すると、先に貴枝の方が気を遣ってしまった。

「い、いく、気持ちいい……、アアーッ……！」

熱く口走るなり、ガクンガクンと狂《くる》おしい痙攣を開始して膣内の収縮も活発にさせた。淫水は粗相《そそう》したように溢れて互いの股間をビショビショにさせ、その凄《すさ》まじさに咲も目を見張っていた。

祐二郎も膣内の収縮に巻き込まれ、続いて昇り詰めると同時に、ありったけの熱い精汁が勢いよく内部にほとばしった。

「ああ……！」

激しい快感に喘ぐと、

「あ、熱いわ、もっと……！」

貴枝も深い部分に噴出を感じ、駄目押しの快感を得たように声を上げた。

祐二郎は締め付けられて悶え、貴枝と咲の舌を舐め回し、唾液をすすりながら快感に酔いしれ、心置きなく最後の一滴まで出し尽くしてしまった。

やがて力尽き、突き上げを止めて身を投げ出し、貴枝の重みと咲の温もりを全身に受け止めた。

「ああ……、気持ち良かった……」

貴枝も、声を洩らしながら腰の動きを止め、肌の硬直を解いてグッタリともたれかかってきた。

まだ膣内は貪欲に収縮を繰り返し、刺激された一物がヒクヒクと断末魔のように内部で震えた。

祐二郎は力を抜き、二人分のかぐわしい息を胸いっぱいに嗅ぎながら、うっとりと快感の余韻に浸り込んでいった。

貴枝もすっかり満足したように脱力したまま荒い呼吸を繰り返し、咲も彼女の絶頂が伝染したように息を弾ませ、横からじっと肌をくっつけていた。

こんな時に清次が忍んできたら、さすがの貴枝もどうにもならないだろう。

それにしても二人も相手にするなど、こんな幸運は二度と無いかも知れない。

祐二郎は呼吸を整えながら、二人分の温もりを嚙み締めた。

「祐二郎……」

グッタリしたまま、貴枝が囁いた。

「私は、弟と妹が欲しい。お前はお咲と夫婦になれ」

「え……？」

貴枝の言葉に、祐二郎は驚いて聞き返し、咲も目を丸くして彼女を見た。

「二人とも気に入った。お咲も、祐二郎を嫌いではなかろう」

貴枝は言い、ようやく股間を引き離し、祐二郎を真ん中にして添い寝してきた。

「すぐでなくて良い。考えておいてくれ」

言われて、祐二郎は余韻と混乱の中で考えた。咲は、じっと横から肌を密着させていた。

(義姉上《あねうえ》と夫婦にならないのなら、それも良いかも知れない……)

祐二郎は、そう思った。

そして咲と夫婦になってからも、貴枝と今日のような行為に及ぶのだろう。それは、極楽の日々が続くようなものだ。

やがて日が昇り、明るくなってくると貴枝が身を起こし、祐二郎と咲も起き上がった。三人で裏の井戸端に行って身体を流し、顔も洗い歯を磨《みが》いてから身繕いをして朝餉にした。

そして洗い物をしていると、梨花も早めに帰ってきてくれた。

「何事もなかったようですねえ」

梨花は皆を見回して言ったが、清次のこと以上に、三人で戯れるという大きな出来事があったのだ。

「はい。いったん私たちは藩邸へ戻ります。またあとで平吉が立ち寄るかと思いますので」

祐二郎は言い、貴枝と一緒に藩邸へと戻っていったのだった。

「少し休もう。さっきのことも考えてくれ」

雪江に報告をし、祐二郎が侍長屋へ戻ろうとすると、貴枝が言って自分の部屋へと入って行った。

どうやら貴枝は本気らしく、祐二郎も真剣に考える気になったのだった。

第五章　柔肌の欲望は果てなく

一

「眠らなくて大丈夫ですか？」

雪江が、侍長屋へやって来て祐二郎に言った。彼は寝巻姿で、床《とこ》を敷《し》き延《の》べて横になっていたが、昼間なので目が冴《さ》えてしまっていた。

「ええ、昨夜は知らないうちに、だいぶぐっすり眠ってしまっていましたから。義姉上《あねうえ》は？」

「よく眠っていらっしゃいます。夜通し見張りをしていたのでしょうね」

雪江が答えた。確かに、貴枝の方は咲と女同士で戯《たわむ》れて、ろくに眠っていなかったのだろう。

いつまでも清次が見つからないのは困るが、昨夜だけは墨田屋に来てくれなくて本当に良かったと思ったものだった。

「ね、いい？」

祐二郎は淫気《いんき》を催《もよお》し、甘えるように言って雪江ににじり寄った。あんなに強烈な体験をしたというのに、やはり心のどこかで、秘め事は密室で一対一が最高という気持ちがあるのだろう。

それにいつも思うことであるが、やはり男というものは、相手さえ替われば淫気が無尽蔵《むじんぞう》に湧《わ》いてくるものなのだ。

「まあ、ゆっくり休めばよろしいのに……」

雪江は呆《あき》れたように言いつつも、やはり淫気を抱いてここへ来たのだろう。すぐに彼を胸に抱き、自分で帯を解きながら唇を重ねてくれた。

唾液に濡《ぬ》れた柔《やわ》らかな唇が密着し、湿り気ある美女の甘い吐息が鼻腔《びこう》を刺激してきた。舌を挿《さ》し入れてからみつけると、生温かな唾液にヌラヌラと滑《なめ》らかな感触が伝わった。

「ンンッ……」

舌にチュッと吸い付くと、雪江も熱く鼻を鳴らしながら着物を脱ぎ、腰巻も取り去っていった。

祐二郎も帯を解き、寝巻と下帯を脱ぎ去って全裸になった。

「ね、こうして……」

ようやく唇を離すと、彼は仰向《あおむ》けになり、雪江の足首を摑《つか》んで顔に引き寄せた。

「あ……、いけません、そのようなこと……」

彼女は腰を下ろすと反《そ》り気味になって後ろに手を突き、脚を伸ばして足裏を彼の顔に乗せながら声を震わせた。

祐二郎は足裏を舐《な》め、指の股《また》に籠《こ》もった汗と脂《あぶら》の湿り気に蒸《む》れた匂《にお》いを貪《むさぼ》
り、爪先《つまさき》にもしゃぶり付いていった。

「あう……、駄目《だめ》……」

雪江は呻《うめ》き、すぐにも熱く息を弾《はず》ませはじめた。

舐めながら見ると、乱れた半襦袢《はんじゆばん》の前が開いて、白く豊かな乳房が艶《なま》めかしく
見え隠れしていた。

足を交代してもらい、彼はそちらも新鮮な味と匂いを堪能《たんのう》し、さらに足首を摑
んで引っ張り、顔に跨《また》がってもらった。

「ああ……、こんな格好させるなんて……」

雪江が脹《ふく》ら脛《はぎ》と内腿《うちもも》をムッチリ張り詰《つ》めさせ、股間を彼の顔に迫らせながら熱

く喘《あえ》いだ。

真下から見る美女の股間は、何とも艶めかしく、彼は顔中に熱気を受け止めて激しく勃起した。陰唇が僅《わず》かに開き、桃色の熟《う》れ肉が覗《のぞ》き、今にも滴《したた》りそうなほど蜜汁が溢《あふ》れていた。

祐二郎は豊満な腰を抱き寄せ、黒々とした茂《しげ》みに鼻を埋《うず》め込んだ。隅々《すみずみ》には、汗とゆばりの匂いが濃厚に籠もり、悩ましく鼻腔を刺激してきた。

舌を這《は》わせると、淡《あわ》い酸味のヌメリが心地よく流れ込み、彼は息づく膣口の襞《ひだ》からオサネまで味わいながら舐め上げていった。

「アアッ……！」

雪江が熱く喘ぎ、思わずギュッと彼の顔に股間を押しつけてきた。

祐二郎は心地よい窒息感の中、美女の体臭に噎《む》せ返りながら執拗《しつよう》にオサネを舐め、新たにトロトロ溢れる淫水で喉《のど》を潤《うるお》した。

さらに豊かな尻の真下に潜《もぐ》り込み、ひんやりした双丘を顔中に受け止めながら、谷間の蕾《つぼみ》に鼻を押しつけた。

今日も秘めやかな微香が馥郁《ふくいく》と籠もり、彼は美女の恥ずかしい匂いを貪りながら舌を這わせ、襞を濡《ぬ》らしてからヌルッと潜り込ませた。

「あう……、駄目……」

雪江がキュッと肛門を締め付けて呻き、新たな淫水で彼の鼻の頭を濡らしてきた。

再び舌を陰戸《ほと》に戻してヌメリをすすり、オサネに吸い付いた。

「い、いきそう……」

雪江が口走り、ビクッと股間を引き離した。そして仰向けの彼の上を移動し、屹立《きつりつ》した一物にしゃぶり付き、股間に熱い息を籠もらせながらスッポリと根元まで呑《の》み込んでいった。

「ああッ……」

祐二郎は、深々と含まれて喘いだ。熱い息が股間に籠もり、上品な唇が幹を丸く締め付け、温かく濡れた口の中で一物がヒクヒクと歓喜に震えた。

「ンン……」

雪江も先端が喉につかえるほど頬張《ほおば》って呻き、クチュクチュと舌をからませた。

たちまち肉棒は美女の清らかな唾液にどっぷりと浸《ひた》り込んで絶頂を迫らせた。

「入れて……」

祐二郎は高まりながら彼女の手を引いて言い、雪江もスポンと口を引き離して身を起こし、そろそろと跨がってきてくれた。

濡れた先端を陰戸に押し付け、位置を定めてゆっくり腰を沈めると、肉襞の摩《ま》擦《さつ》がヌルヌルッと心地よく一物を包み込んできた。

「ああ……、いい……」

雪江が顔を仰《の》け反らせて喘ぎ、キュッと締め付けながら股間を密着させた。

祐二郎も、重みを受け止めながら温《ぬく》もりと感触を味わった。

彼女は乱れた半襦袢を脱ぎ去り、身を重ねてきた。

彼も顔を上げて豊かな乳房に顔を押し付け、色づいた乳首にチュッと吸い付いていった。

生ぬるく甘ったるい汗の匂いに包まれながら舌で転がし、もう片方の乳首も含んで舐め回すと、

「いい気持ち……」

雪江がうっとりと喘ぎ、徐々に腰を遣いはじめた。

祐二郎は彼女の腋《わき》の下にも鼻を埋め、腋毛に籠もった濃厚な体臭で胸を満たしてから両手でしがみつき、ズンズンと腰を突き上げはじめていった。

すぐにも互いの動きが一致して股間をぶつけ合い、大量に溢れる淫水が律動を滑らかにさせ、ピチャクチャと卑猥《ひわい》に湿った摩擦音が聞こえてきた。

さらに下から、彼は雪江の唇を求めていった。

「ンン……」

唇が重なると、雪江は熱く鼻を鳴らし、挿し入れた彼の舌にチュッと吸い付いてきた。美女の息は熱く湿り、やや濃い花粉臭が悩ましく鼻腔を刺激してきた。

祐二郎もチロチロと舌をからめ、滴ってくる生温かな唾液で喉を潤し、突き上げを速めていった。

「舐めて……」

囁《ささや》き、雪江のかぐわしい口に鼻を押し込むと、彼女もヌラヌラと鼻の穴を舐めてくれた。祐二郎は美女の口の匂いと唾液のヌメリに包まれながら、とうとう昇り詰めてしまった。

「く……！」

大きな絶頂の快感に貫かれながら呻き、熱い大量の精汁を勢いよく柔肉の奥へほとばしらせると、

「ああッ！　いく……！」

雪江も噴出を受け止めた途端に声を上げ、ガクガクと狂《くる》おしく熟れ肌を痙攣《けいれん》させて気を遣《や》ってしまった。祐二郎は、心地よい収縮を味わいながら、心置きなく最後の一滴まで出し尽《つ》くした。

満足しながら徐々に突き上げを弱めていくと、雪江もグッタリと強《こわ》ばりを解き、遠慮なく彼に体重を預けてきた。

まだ膣内は名残惜《なごりお》しげにキュッキュッと締まり、刺激された一物も過敏にヒクヒクと内部で跳《は》ね上がった。

「アア……、気持ち良かったわ……、すっかり上にばかり慣れてしまいました……」

雪江が荒《あら》い息遣いで囁き、祐二郎は湿り気ある甘い息を嗅《か》ぎながらうっとりと余韻《よいん》を味わった。

彼女もしばらくは起き上がれないようで、何とか股間を引き離すとゴロリと横になって呼吸を整えた。

祐二郎も肌をくっつけ、あと何度この温もりを味わえるのだろうかと思った。

二

「清次が見つかりやした。墨田屋へ立て籠もってます」

「なに！」

平吉の報《しら》せを受け、祐二郎と貴枝は色めき立った。

祐二郎はあれから仮眠し、起きて昼餉《ひるげ》を済ませたところだった。

「どうしてこんな真っ昼間に」

「何と、女の着物を着て手拭《てぬぐ》いを被《かぶ》って逃げていたのです。墨田屋の女将《おかみ》とお咲が捕まって」

「よし、すぐ行こう」

貴枝が言い、押《お》っ取《と》り刀《がたな》で藩邸を飛び出した。すばしこい平吉が先頭を走り、続いて貴枝、祐二郎の順で墨田屋まで走った。

すると店の周囲には魚河岸《うおがし》の連中も集まり、役人も駆《か》けつけはじめていた。

「岩槻藩吉井貴枝！　清次は私の父の敵《かたき》だ。私に任せて捕り方は下がって頂きたい」

「しかし、二人が縛《しば》られて……」

貴枝の迫力に、同心がタジタジとなって答えた。

清次は、梨花と咲を母屋《おもや》の奥座敷に監禁しているらしい。

「祐二郎。お咲のために一肌脱げ。丸腰で踏み込み、清次と話せ。私は隙《すき》を見て裏から入る」

「分かりました」

祐二郎は貴枝に答え、大小を鞘《さや》ぐるみ抜いて平吉に渡した。元より彼の剣技は頼りにならないので、それなら最初から丸腰で清次を油断させようというのだろう。あとは祐二郎の度胸だけである。

祐二郎が玄関から入っていくと、貴枝も余人は手を出すなと一同を睥睨《へいげい》してから裏へと回っていった。

「誰だ！」

奥から声がした。

「ああ、岩槻藩から来た吉井祐二郎だ。刀は持っていない。話をしたい」

祐二郎は冷静に答え、奥へ進んでいった。

貴枝が裏から回っているのと、咲と梨花を助けたい一心から、自分でも不思議なほど落ち着いていられた。それに相手は猛者ではなく、武芸も知らない町人で、得物も包丁一本ぐらいだろう。

やがて奥へ行くと、梨花と咲が後ろ手に縛られ、猿ぐつわを噛《か》まされていた。その前に清次が胡座《あぐら》をかき、目の前の畳に包丁を突き立てていた。

「お前が清次か。苦労したな」

「なに……」

祐二郎は、女の着物姿で、すっかりやつれている清次を見て言い、正面に座った。

確かに良い男だが険があり、さらに今は目ばかりぎらぎらさせていた。

「まず謝る。私の義父《ちち》がお咲に手を出そうとしたばかりに、助けに入ったお前の運命を変えてしまった。悪いのは義父で、お前に罪はない。済まなかった」

祐二郎は言い、深々と頭を下げた。

「そ、そうだとも……。あれははずみだ。殺そうとして突き飛ばしたんじゃねえ」

清次は、戸惑《とまど》いながらも声を上ずらせて答えた。

「ああ、分かっている。だから私も敵を討ちに来たのではない。岩槻へ帰って盗んだ金を返し、事情を話して裁きを受ければ死罪になどならぬ。私も無罪放免となるよう力を貸そう」

「そ、そんなこと、信用できねえ……」

「お前は誰も殺しておらん。義父の財布《さいふ》と、河岸で金を持って逃げただけだ。返せばどうにでもなる。昨日の今日だ。まだ使い込んでおらんだろう。義父の財布の分は私が立て替える」

「さ、さむれえの言うことなど当てになるか……。とにかく舟と金を用意しろ。女将は逃がすがお咲は連れて行く」

「もう逃げられん。周りは捕り方でいっぱいだ。せめて自分から神妙にすれば、あとはどうにでもなる。私はお前を助けたいのだ」

　祐二郎はにじり寄ると、

「く、来るな……」

　清次は包丁を手にして言い、梨花の方に切っ先を突きつけた。

「よせ。少しでも傷つけたらお前は終わりだぞ。ならば私が身代わりになろう。二人を放して私を縛れ」

　祐二郎は膝行《しっこう》して言い寄り、怯《おび》えきっている清次を睨《にら》み付けた。

と、そこへ後ろから貴枝が飛び込んできた。

「や、やはり嵌《は》めやがったな。うめえことばかり並べて……」

清次が貴枝を見て言い、梨花を刺そうとした。咄嗟《とっさ》に祐二郎はその手首に摑みかかり、何とか梨花から引き離した。

すかさず貴枝が抜刀し、清次の肩に強《したた》かに峰打《みねう》ちを叩き込んだ。

「うぐ……！」

清次は呻き、そのまま昏倒《こんとう》した。

「平吉！」

祐二郎が包丁を取り上げると、貴枝が外に向かって叫んだ。

たちまち、平吉と捕り方たちが室内になだれ込み、倒れている清次を摑み出そうとした。

祐二郎と貴枝は、二人の縛《いまし》めを切り、唾液に湿った猿ぐつわを解いてやった。

梨花も咲も無傷で、何とか生気を取り戻していた。

「血が……」

梨花が言い、手拭いで祐二郎の左手首を縛ってくれた。揉《も》み合うとき切っ先がかすったようだが、ほんのかすり傷である。

「よ、吉井様……、清次の奴、死んでおりやすぜ……」

「なに！」

平吉が言い、貴枝が驚いて駆け寄った。

祐二郎も見ると、どうやら本当に清次は事切れているようだ。

一晩寝ずに逃げ回って疲労困憊《こんぱい》し、渾身《こんしん》の峰打ちの当たり所も悪く絶命させてしまったようだった。

「そんな……」

貴枝は座り込み、声を震わせて肩を落とした。

「あ、義姉上のせいじゃありません。生かそうとして峰打ちを繰り出したのですから、全くのはずみでしょう」

祐二郎は慰《なぐさ》めるように言ったが、正に源之介と同じ運命のようで因果を感じた。

清次の骸《むくろ》が戸板に乗せて運ばれ、とにかく貴枝も一緒に番屋へ行くことになり、河岸の連中も解散した。

「平吉、お咲を藩邸で預かるよう雪江様に言ってくれ」

「へい、分かりやした」

行きがけに貴枝が言うと平吉が答え、咲を支えるように墨田屋を出ていった。

祐二郎は、梨花の面倒と後片付けのため残ることにした。

「ああ、恐かった……」

「大丈夫でしたか」

梨花が溜息《ためいき》混じりに言い、祐二郎も鉄瓶《てつびん》から茶を入れてやった。

「お咲が縛られて、清次と一緒に踏み込んできて、あとはもう身動きも出来ず……」

梨花は茶で喉を湿らせて答えた。

「清次が死んだのは思いがけなかったですが、二人が無事で良かったです。それに、清次が生きているうちに義父のことを詫《わ》びることも出来ましたし」

「なんて律儀《りちぎ》な」

梨花は嘆息《たんそく》し、ようやく落ち着いたように立ち上がると、外を見てもう誰もいないことを確認し、あちこち戸締まりして戻ってきた。

「恐くって、少し漏《も》らしてしまいました。でも、いざ生きていたらまた祐二郎さんとしたいと思いまして、急いで流してくるので構いませんか」

梨花が言い、湯殿の方へ行こうとするので、もちろん祐二郎に引き留めた。

「どうか、今のままで結構ですので」

「だって……」

「大丈夫です。私も待ちきれませんので、どうか」

祐二郎が懇願すると、梨花も無事だったことで充分すぎるほど淫気が高まったように、手早く床を敷き延べた。

祐二郎も気が急《せ》くように全て脱ぎ去ると、梨花も帯を解いて脱いでいった。たちまち梨花も一糸まとわぬ姿になると横たわり、彼も添い寝していった。

祐二郎は仰向けの梨花の胸に顔を埋め、乳首を含んで舌で転がし、顔中を柔らかな膨《ふく》らみに埋め込んだ。

「アア……！」

死線を越えた思いでいる梨花は、すぐにも熱く喘ぎ、クネクネと熟れ肌を波打たせはじめた。甘ったるい汗の匂いも、いつになく濃く籠もり、彼の鼻腔を悩ましく刺激してきた。

彼は左右の乳首を含んでは舐め回し、軽くコリコリと歯も立てて刺激した。

「ああ……、もっと強く……」

梨花は身を弓なりに反らせて喘ぎ、両手で彼の顔を乳房にグイグイと押し付けて悶《もだ》えた。

祐二郎も両の乳首を交互に味わい、充分に愛撫《あいぶ》してから腋の下にも鼻を埋め、湿った腋毛に籠もる、生ぬるい汗の匂いを胸いっぱいに嗅いだ。

そして汗の味のする滑らかな熟れ肌を舐め降り、張りのある腹に顔中を押し付けて臍《へそ》を舐め、下腹から腰、太腿へと舌で這い降りていった。

相当に恐かったのも確からしく、どこに触れても梨花はビクッと激しく反応し、今生きている喜びを嚙み締めているようだった。

やがて脚を舐め降り、たまに歯を立てて太腿を嚙み、滑らかな脛《すね》から足首へたどっていった。

足裏に舌を這わせ、指の股に鼻を割り込ませて嗅ぐと、汗と脂にジットリ湿ったそこは、やはり今までで最も濃く蒸れた匂いを籠もらせていた。

祐二郎は美女の足の匂いを心ゆくまで嗅いで、爪先にしゃぶり付き、順々に指の間にヌルッと舌を割り込ませて味わった。

「あう……！」

梨花がビクッと脚を震わせて呻き、彼は両足とも隅々まで味わい尽くし、やがて股間に顔を潜り込ませていったのだった。

三

「アアッ……、どうか、汚れているから……」

梨花が嫌々をして言い、懸命に脚を閉じて恥じらったが、もちろん祐二郎は陰戸に鼻先を迫らせてしまった。

熟れた果肉は、確かに僅かに粗相《そそう》したようでゆばりに湿り、それ以上に期待による淫水が多く溢れ、全体がヌメヌメと妖《あや》しく潤っていた。

茂みに鼻を擦りつけて嗅ぐと、甘ったるい汗の匂いに混じり、いつになく濃いゆばりの匂いが悩ましく籠もって鼻腔を刺激してきた。

祐二郎も興奮を高め、貪るように舌を這い回らせた。

「ああ……、駄目、汚いから……」

梨花は顔を仰け反らせて喘ぎ、懸命に腰をよじったが、羞恥《しゅうち》以上に快感が湧いて新たな蜜汁を漏らしてきた。

舌を挿し入れ、息づく膣口の襞を掻《か》き回し、ゆばりと淫水に濡れた柔肉を舐め上げてオサネに吸い付くと、

「ヒッ……！」

梨花が身を弓なりに反らせ、ムッチリと内腿で彼の両頬を挟《はさ》み付けながら息を呑んだ。祐二郎も夢中で舌を這わせ、美女の生々しい匂いに噎せ返り、執拗にヌメリをすすった。

さらに脚を浮かせて豊満な尻の谷間にも鼻を埋めると、こちらにも汗とゆばりの匂いが沁《し》み付き、それに蕾に籠もる微香が入り交じった。

彼は充分に嗅いでから舌を這わせ、細かに震える襞を濡らし、ヌルッと潜り込ませて粘膜を味わった。

「あうう……、堪忍《かんにん》……」

梨花がキュッキュッと肛門を締め付けて呻き、今にも気を遣りそうにガクガクと痙攣しはじめた。

祐二郎は舌を引き離すと、左手の人差し指を肛門に押し込み、浅い部分でクチュクチュと出し入れさせ、右手の二本の指を膣口に押し込み、内壁を摩擦しながらあらためてオサネに吸い付いた。

「駄目、いっちゃう……、アアーッ……！」

たちまち梨花は狂おしく悶え、声を上ずらせながら熟れ肌を波打たせた。

前後の穴が指をきつく締め付け、潮を噴《ふ》くように大量の淫水が噴出してきた。

やはり最も感じる三カ所への刺激と、恐怖を乗り越えた安堵《あんど》感が急激に絶頂に導いてしまったのだろう。

そして彼が愛撫を続けていると、いつしか梨花は失神したようにグッタリと身を投げ出し、荒い呼吸を繰り返すばかりとなっていた。

祐二郎は舌を引っ込め、それぞれの穴からヌルッと指を引き抜いた。膣に入っていた二本の指は白っぽい粘液でヌルヌルになり、彼は懐紙で拭《ふ》いてから一物を梨花の口に押し付けていった。

「ンン……」

梨花も、朦朧《もうろう》としながら亀頭に吸い付き、チロチロと舌を這わせながら熱い息を彼の股間に籠もらせた。

祐二郎ものしかかるようにして、ズブズブと根元まで彼女の口に押し込み、温もりと唾液のヌメリに包まれた。

梨花は徐々に我に返るように舌の蠢《うごめ》きを活発にさせ、勃起した肉棒を生温かな唾液にまみれさせた。祐二郎は、充分に高まると一物を引き抜いた。

彼女は、とても起きられないようだから本手《ほんて》（正常位）で股を開かせ、股間を進めていった。

先端を濡れた陰戸に押し当て、感触を味わうようにゆっくり挿入していくと、ヌルヌルッと滑らかに根元まで吸い込まれた。

「あぁッ……、気持ちいいわ……」

梨花が顔を仰け反らせて喘ぎ、キュッときつく締め付けてきた。

深々と押し込んで股間を密着させ、祐二郎が熟れ肌に身を重ねていくと、彼女も両手を回して抱き留めてくれた。

胸の下では豊かな乳房が押し潰れて弾み、彼は豊満な肉布団に身を預け、徐々に腰を突き動かした。

濡れた膣内が息づくように収縮し、一物も温かな淫水にまみれた。

「アア……、もっと強く……」

梨花も下からズンズンと股間を突き上げて喘ぎ、彼の背に爪まで立てて本格的に悶えはじめていった。

祐二郎は、上から顔を寄せ、梨花の喘ぐ口に鼻を押しつけた。

光沢あるお歯黒の歯並びの間から洩《も》れる息は、熱く湿り気を含み、白粉《おしろい》のような甘い匂いがいつになく濃く、悩ましく鼻腔が刺激された。

彼は美女の吐息を嗅いで心ゆくまで胸を満たし、唇を重ねて舌を挿し入れた。

「ンン……」

梨花もチュッと吸い付きながら熱く鼻を鳴らし、ネットリと舌をからめてきた。祐二郎は、美女の唾液と吐息を吸収して興奮が高まり、さらに腰の動きが激しくなっていった。

「ああッ……、いい気持ち、いきそう……」

梨花が口を離して喘ぎ、両脚まで彼の腰を抱え込んできた。

祐二郎も充分に高まり、そのまま絶頂を目指して股間をぶつけた。肌のぶつかる音に混じり、ピチャクチャと湿った摩擦音が響き、互いの股間もすっかりビショビショになってしまった。

「い、いく……！」

たちまち祐二郎は昇り詰め、大きな快感に包まれながらドクドクと勢いよく熱い精汁を注入した。

「あう、感じる……、アアーッ……！」

噴出を受け止めると同時に、梨花も声を上げて気を遣ってしまった。

膣内の収縮も最高潮になり、キュッキュッと精汁を貪欲に飲み込むような締め付けが繰り返された。

祐二郎も溶《と》けてしまいそうな快感を味わい尽くし、心置きなく最後の一滴まで出し尽くしていった。やがて動きを弱めてゆき、彼はグッタリと力を抜いて豊満な熟れ肌に体重を預けた。

「ああ……」

大きな波が過ぎ去ると、梨花も声を洩らして硬直を解き、うっとりと四肢を投げ出していった。

しかし膣内は名残惜しげな収縮が繰り返され、射精直後で過敏になった一物がヒクヒクと反応して内部で跳ね上がった。

「く……」

梨花も感じすぎて呻き、さらに押さえつけるようにキュッときつく締め付けてきた。

祐二郎は、荒い呼吸を繰り返している梨花の口に鼻を押しつけ、生温かい白粉臭の息で胸を満たし、うっとりと余韻を味わったのだった。

「清次が死んだから、もうお国許《くにもと》へ帰るのね……」

梨花が、彼を乗せたまま囁いた。

「ええ、そうなります……」

「お咲はどうするの」

「出来れば連れ帰って、私の妻にと思っています」

「えぇっ？」

彼の言葉に、梨花が驚いて声を上げた。

祐二郎はそっと股間を引き離し、ゴロリと添い寝した。

「本気です。義姉上もすすめてくれています。許してくれますか」

「ゆ、許すも何も、お咲さえ異存が無いのならば……」

咲の従姉《いとこ》である梨花は、混乱しながらも気持ちを整理して答えた。

そして身を起こすと懐紙で丁寧《ていねい》に一物を拭き清めてくれ、自分の陰戸も手早く処理した。

「では藩邸へ戻りますね」

「ええ……、近々、お伊勢参りを終えたうちの人たちも帰ってくるけれど、でもお国許へ帰る前に、せめてもう一度……」

梨花が言い、やがて祐二郎は身繕《みづくろ》いをして墨田屋を出たのだった。

「仔細《しさい》をしたため、急ぎ国許へ手紙を出した。奉行所の吟味が終わり次第、我らも帰らなければならん」

四

貴枝が、祐二郎の部屋へ来て言った。

彼女も清次の遺骸《いがい》とともに番屋へ行って事情を話し、敵を討った証《あか》しとして遺髪をもらってきたらしい。そして明日は奉行所で、さらにつぶさな吟味が行なわれるようだった。

だから、早ければ明後日《あさって》にも江戸を後にすることになるだろう。

「分かりました」

「お咲はどうする」

「はい、出来れば妻にと」

「ああ、それで良い。お咲も身寄りが無いから、武家の養女に入る話も面倒はないだろう。戻り次第、知り合いに頼んでみる」

貴枝は言うと立ち上がり、勝手に床を敷き延べて袴《はかま》を脱ぎはじめた。

祐二郎も彼女の激しい淫気を感じると、脱いで全裸になり、布団に横になった。

すると、一糸まとわぬ姿になった貴枝が添い寝し、何と彼の胸に縋《すが》り付いてきたのである。

「ああ……、人を殺《あや》めてしまった……」

貴枝が声を震わせ、心細げに彼の胸に顔を埋めた。

「仕方ないですよ。どちらにしろ敵だったのですし」

「いや、峰打ちが強すぎたなど、未熟にも程がある……」

貴枝が言う。殺す分には容赦《ようしゃ》もないだろうが、生かすのは難しいということなのだろう。

「それにしても、父も清次も、簡単に死にすぎる」

「そうですね、はずみとはいえ人は脆《もろ》いものです」

慰めるように肩を抱くと、貴枝は彼の胸に熱い息を籠もらせ、チュッと乳首に吸い付いてきた。

「ああ……」

祐二郎は仰向けになり、快感に喘いだ。

貴枝も、混乱や後悔を紛《まぎ》らしたいのか、男のように荒々しい愛撫を続けて舌を這わせ、キュッと歯を立ててきた。

「あう……、もっと強く……」

祐二郎は甘美な痛みに呻いて言うと、貴枝も左右の乳首を小刻《こきざ》みに嚙み、さらに肌を下降していった。

そして貴枝は大きく口を開いて脇腹の肉を咥《くわ》え、容赦なく歯を食い込ませてきた。

「アアッ……、義姉上……」

彼は貴枝の激しさに身悶え、激しく勃起していった。

やがて貴枝は一物にしゃぶり付きながら身を反転させ、女上位の二つ巴《どもえ》で彼の顔に跨がってきた。

祐二郎も下から彼女の腰を抱え、潜り込むようにして茂みに鼻を擦りつけ、隅々に濃厚に沁み付いた汗とゆばりの匂いを貪った。

「ンン……」

貴枝も、深々と根元まで呑み込んで吸い付きながら熱く呻いた。

さすがにそこだけは嚙まれる心配もなく、祐二郎は快感に包まれながら貴枝の濡れた陰戸に舌を這わせた。

人を殺めた衝撃に、柔肉はそれほど濡れていなかったが、膣口の襞を舐め回し、突き立った大きなオサネに吸い付くと、

「ク……」

貴枝も熱い鼻息でふぐりをくすぐって呻き、反射的にチュッと強く彼の亀頭に吸い付きながら、ヌラヌラと新鮮な蜜汁を溢れさせていった。

祐二郎は淡い酸味のヌメリをすすり、充分にオサネを愛撫してから伸び上がり、尻の谷間に鼻を埋め込んで蕾に籠もった微香を貪った。

そして舌を這わせて襞を濡らし、ヌルッと潜り込ませて粘膜を味わった。

すると彼女も祐二郎の脚を抱え上げ、ふぐりを満遍《まんべん》なく舐め回して睾丸を転がし、さらに肛門にも舌を這わせてくれた。

やがて彼女が亀頭に戻って吸い付くと、祐二郎もオサネに舌を這わせ、互いに最も感じる部分を舐め合って高まった。

貴枝がスポンと口を引き離し、身を起こして向き直った。そして一物に跨がり、先端を膣口に受け入れて座り込んだ。

「アアッ……！」

ヌルヌルッと一気に根元まで納めると、貴枝は股間を密着させて喘いだ。

祐二郎も重みと温もりを受け、肉襞の摩擦に高まりながら内部でヒクヒクと幹を震わせた。

貴枝はグリグリと股間を擦りつけてから身を重ね、祐二郎も抱き留めながら顔を上げ、乳首に吸い付いていった。

「ああ……、気持ちいい……」

彼女が膨らみを押し付けて喘ぎ、祐二郎も噎せ返るように甘ったるく濃厚な汗の匂いに包まれながら、コリコリと硬くなった乳首を舌で転がし、もう片方も含んで愛撫した。

「噛んで……」

貴枝が言いながら、徐々に腰を遣いはじめた。

祐二郎がキュッキュッと小刻みに歯を立てると、膣内の収縮と熱いヌメリが増してきた。

彼は左右の乳首を交互に吸い、歯で刺激してから腋の下にも鼻を埋め、甘ったるい濃厚な汗の匂いで胸を満たした。

そして彼もズンズンと股間を突き上げはじめると、次第に互いの律動が一致してクチュクチュと音を立て、貴枝も本格的に淫水を漏らしはじめていった。

彼女が上からピッタリと唇を重ねてくると、祐二郎も舌をからめ、トロリとした唾液をすすりながら、濃くなった花粉臭の息で鼻腔を刺激された。

「もっと唾《つば》を出して……」

しがみつき、突き上げを強めながら囁くと、貴枝も乾き気味の口に懸命に唾液を分泌させ、小泡の多い粘液をトロトロと口移しに注ぎ込んでくれた。

祐二郎はうっとりと味わい、心地よく喉を潤して酔いしれた。

「舐めて……」

さらに顔を押しつけて言うと、貴枝は腰の動きを速めながら舌を伸ばし、彼の鼻の穴から頬、瞼までヌラヌラと舐め回してくれた。それは舐めるというより、吐き出した唾液を舌で塗り付けるようで、たちまち祐二郎の顔中は美女の生温かな唾液でヌルヌルにまみれた。

「き、気持ちいい……、いく……！」

先に貴枝が口走るなり、膣内の収縮を最高潮にさせ、そのままガクンガクンと狂おしい痙攣を開始した。

「あああッ……！」

祐二郎も巻き込まれるように昇り詰め、快感に貫かれながら喘いだ。同時に、ありったけの熱い精汁がドクドクとほとばしり、奥深い部分を直撃した。

「アアッ……、いい……！」

噴出を受け止めると、貴枝は駄目押しの快感を得たように声を上げ、さらに締め付けながら股間を擦りつけてきた。

祐二郎は覆《おお》いかぶさる大柄な義姉にしがみつき、心地よい摩擦の中で最後の一滴まで絞《しぼ》り尽くし、徐々に動きを弱めていった。

「ああ……、良かった……」

貴枝も満足げに声を洩らし、全身の強《こわ》ばりを解きながらグッタリともたれかかり、火のように熱く荒い呼吸を繰り返した。

膣内の収縮も徐々に止《や》んでいったが、過敏になった亀頭が刺激され、彼は何度も幹を跳ね上げた。貴枝も何度かビクッと肌を震わせてから股間を引き離し、添い寝してきた。

祐二郎は貴枝に顔を寄せて唾液と吐息の匂いを貪りながら、うっとりと快感の余韻に浸り込んだのだった……。

五

「離れで、義姉上にどのように？」

咲が祐二郎の部屋に来たので、彼は経緯を訊《き》いてみた。

もちろん最初は清次が踏み込み、縛られて母屋へ連れてゆかれた成り行きもつぶさに聞いたが、それはほぼ予想通りのことであった。

それより彼は、咲が貴枝に誘惑され、女同士で燃え上がるようになった切っ掛けの方に興味があったのだ。

「ええ、離れで一緒にいたとき、見張りをするので構わず寝巻に着替えて寝ろと言われました。最初は男の人と思っていたほど大きくて恐かったので、私は素直に寝巻に着替えようとしたけれど、女の身体を見せてほしいと言われ……」

咲が、ほんのり頬を染めて話しはじめた。

しかし身震いするほど嫌な思い出はなく、むしろ快楽を甦《よみがえ》らせたような様子なので聞いている祐二郎も安心したものだった。

結局、咲は貴枝に押し切られるまま身体を見せたようだ。

「私の股に顔を挿し入れて、女が珍しいように見つめてから、触れたり舐めたりされて、後はわけも分からなくなってしまいました」

咲が言い、情景を思い浮かべながら祐二郎は激しく勃起してきてしまった。

「祐二郎様に抱かれたのかと訊かれ、私は朦朧としながらも頷《うなず》いて、訊かれるまま何でも答えてしまいました」

「そうか」

「そのうちに貴枝様も裸になって、口吸いをしながら互いにいじり合ったり、舐め合ったりしました」

「女同士で、嫌ではなかったか」

「断れるはずもないのですが、なぜか嫌ではありませんでした。貴枝様は優しくて、私もすっかり感じてしまったのです」

咲がモジモジしながら小さく言う。やはり女同士、感じる部分が分かり合えるのかも知れない。

「そして祐二郎様が入って来て、二人でお口でして、祐二郎様が帰ってからは、私も少し眠りました。そしてまた明け方、一緒にいじり合ってから、祐二郎様のいる母屋へ行ったのです」

「なるほど」

あとは、眠っている祐二郎を脱がせ、二人で愛撫しているうち彼が目を覚ましたというわけだった。

経緯が分かると、もう祐二郎も堪《たま》らず脱ぎはじめてしまった。

咲も、話すうちすっかり興奮を高め、促《うなが》すと脱ぎはじめてくれた。

「国許へ戻ったら手続きをするから、夫婦になってくれるか」

「本当に、私などで……」

「ああ、是非にも一緒になって欲しい」

全裸になって言うと、咲も小さく頷いてくれた。

もちろん清次の死に関する心の痛みなど微塵《みじん》も無いようで、祐二郎も安心したものだった。

やがて二人全裸になると、彼は布団に仰向けになった。

「こうして」

祐二郎は言い、咲の手を引いて下腹に跨がらせた。

「ああ……」

彼女も恐る恐る跨がり、声を震わせながら座り込んでくれた。

祐二郎は立てた両膝に彼女を寄りかからせ、両脚を伸ばさせた。下腹に、ピッタリと美少女の割れ目が密着し、ほんのり濡れてきたようだ。

彼の顔に両の足裏を乗せると、

「ど、どうか、このようなことは……」

咲は畏《おそ》れ多さに腰をよじり、哀願するように言った。

しかし祐二郎は、腹と顔に咲の重みと温もりを受け止め、激しく勃起した一物で彼女の腰をトントンと叩いた。

そして顔中に感じる足裏の感触を味わいながら舌を這わせ、縮《ちぢ》こまった指の間に鼻を割り込ませて嗅いだ。

今日も咲の指の股は汗と脂にジットリ湿り、ムレムレになった匂いが可愛らしく籠もっていた。彼は美少女の足の匂いを貪り、爪先にもしゃぶり付き間に舌を挿し入れて味わった。

「あう……！」

咲はくすぐったさと、武士に足を舐められる抵抗感に呻き、座りにくそうにクネクネと腰を動かした。

祐二郎は彼女の両足ともしゃぶり尽くし、手を握って引っ張った。

咲も祐二郎の顔の左右に両足を置き、引き寄せられるまま仰向けの彼の上を前進してきた。

「いいよ、そのましゃがんで」

「でも……、アア……」

ためらいながらも強引に引っ張られ、とうとう彼女は声を洩らしながら完全に顔の上にしゃがみ込んでしまった。

祐二郎は鼻先に迫る美少女の割れ目を見上げ、顔中に感じる熱気に興奮を高めた。

顔の左右では脹ら脛と内腿がムッチリと張り詰め、丸みを帯びた割れ目からは桃色の花びらがはみ出して開き、僅かに柔肉が覗いていた。

彼は腰を抱き寄せ、若草に鼻を埋め込み、擦りつけて嗅いだ。

甘ったるい汗の匂いと、ほのかなゆばりの刺激が悩ましく入り交じって鼻腔を刺激してきた。

舌を挿し入れ、徐々に快感を覚えはじめた膣口の襞を掻き回すと、淡い酸味のヌメリが感じられた。

滑らかな柔肉をたどってオサネまで舐め上げると、

「あん……！」

咲がビクリと肌を震わせ、可憐な声で喘いだ。

祐二郎はチロチロと舌先で弾くようにオサネを舐め、新たに溢れてきた蜜汁をすすった。

さらに尻の真下に潜り込み、顔中にひんやりした双丘を受け止めながら、谷間の蕾に鼻を押しつけて微香を嗅いだ。今日も秘めやかな匂いが可愛らしく籠もり、彼は充分に貪ってから舌を這わせた。

細かに震える襞を濡らして潜り込ませ、ヌルッとした滑らかな粘膜を舐めると、

「あう……、い、いけません……」

咲がか細く呻き、モグモグと肛門で舌先を締め付けてきた。

内部で充分に舌を蠢かせてから、再び陰戸に舌を戻すと、そこは新たな淫水がたっぷり溢れていた。

祐二郎はヌメリを味わい、オサネを優しく吸った。

「アア……」

咲は熱く喘ぎ、座り込まないよう懸命に両足を踏ん張った。

「ね、お咲。ゆばりを出して」

「そ、そんなこと……」

真下から祐二郎が言うと、咲はしゃがみ込んだまま肩をすくめて嫌々をした。

「大丈夫、こぼさないからね。ほんの少しでもいいから」

「でも……」

「さあ、お願いだから」

祐二郎は懇願し、尿口あたりをチロチロ舐めては吸い付いた。

咲は、どうにも出さないと終わらないと悟《さと》ったように息を詰め、恐る恐る下腹に力を入れて尿意を高めはじめてくれたようだ。

白い下腹がヒクヒクと波打ち、舐めるごとに柔肉が蠢いて盛り上がり、淫水の量も増していった。

すると、いきなり味わいと温もりが変わった。

「あう……、お、お許しを……」

咲が息を詰めて言うなり、ポタポタと温かな雫《しずく》が滴り、たちまちチョロチョロとした弱い流れになって彼の口に注がれてきた。

祐二郎は味わう余裕もなく、夢中で喉に流し込んだ。

湯殿ではないからこぼすわけにいかず、それでも咲が懸命に勢いを弱めてくれているようだ。

味も匂いも実に淡く清らかで、何とか彼も噎せることなく、間もなく勢いが弱まっていった。あらためて鼻に抜ける香りを味わい、余りをすすって割れ目内部を舐め回した。

「アアッ……！」

咲が喘ぎ、新たな蜜汁が大洪水になり、たちまちゆばりが淡い酸味のヌメリに洗い流されていった。

オサネを刺激され、とうとう咲はビクッと股間を引き離して横に突っ伏《つぷ》してしまった。

「も、もう駄目……」

祐二郎は咲を抱き寄せ、一物へと顔を押しやると、彼女も息を弾ませて先端に口を寄せてきた。

鈴口に舌をチロチロと這い回らせ、滲《にじ》む粘液を舐め取ると、そのまま彼女は亀頭にしゃぶり付き、さらにスッポリと呑み込んでくれた。

熱い息が股間に籠もり、内部ではクチュクチュと舌がからみつき、肉棒は美少女の生温かく清らかな唾液に心地よくまみれた。

「ああ、気持ちいいよ……」

祐二郎は喘ぎ、咲の口の中で最大限に膨張していった。

やがて充分に高まると、彼は咲の手を握って引き上げ、一物に跨がらせた。

「さあ、上から入れて」

言うと咲も、唾液に濡れた先端を割れ目に押し付け、ゆっくりと腰を沈み込ませて根元まで受け入れていった。

「アア……」

咲がビクッと顔を仰け反らせて喘ぎ、完全に座り込み股間を密着させてきた。

祐二郎も、ヌルヌルッと幹を擦る肉襞の摩擦と温もりに包まれ、淫水にまみれながら快感を噛み締めた。

そして両手を伸ばして抱き寄せ、顔を上げて左右の薄桃色の乳首を交互に含んで舐め回した。

じっとしていても膣内はキュッキュッと息づくような収縮が繰り返され、溢れる淫水がふぐりにまで伝い流れてきた。

祐二郎は両の乳首を味わうと腋の下にも鼻を押しつけ、和毛《にこげ》に籠もった甘ったるい汗の匂いに噎せ返った。

そして下から両手で抱きすくめながら、徐々にズンズンと股間を突き上げて高まっていった。

「あぁッ……」

「痛くないかい？」

「ええ……、いい気持ち……」

咲が答え、突き上げに合わせて少しずつ腰を遣いはじめた。

祐二郎は下から唇を重ね、ぷっくりした弾力と甘酸っぱい息の匂いを味わい、舌をからめていった。

「ンン……」

咲も熱く鼻を鳴らして彼の舌を吸った。祐二郎は美少女の唾液と吐息を味わい、急激に高まっていった。

「い、いく……、アアッ……！」

たちまち彼は絶頂に達し、大きな快感に喘いだ。同時に熱い大量の精汁を、ドクンドクンと勢いよく内部にほとばしらせてしまった。

「ああ……、熱い……」

噴出を受け止めながら咲が目を閉じて口走り、そのままヒクヒクと柔肌を痙攣させた。どうやら確実に、常に膣感覚で気を遣る兆《きざ》しが見えてきたようだった。

祐二郎も心置きなく最後の一滴まで出し尽くし、満足して動きを弱めていった。

咲も力尽きたようにグッタリと体重を預け、彼の耳元で荒い呼吸を繰り返した。

動きを止めても内部の収縮は続き、射精直後の一物が刺激されてヒクヒクと過敏に震えた。

祐二郎は顔を向け、美少女の喘ぐ口に鼻を押しつけ、悩ましい果実臭の息で鼻腔を満たし、うっとりと快感の余韻を噛み締めたのだった。

第六章　二人がかりの目眩《めくるめ》く夜

一

「いよいよ国許《くにもと》へお帰りなのですね」

雪江が、名残惜《なごりお》しげに祐二郎に言った。

今日、貴枝は咲と一緒に奉行所に行って諸々の手続きをしていた。何の問題も無く済むだろうから、明朝にも江戸を発《た》つことになるだろう。

「ええ、お名残惜しいです」

祐二郎も答え、雪江の整った上品な顔立ちを目にし、ムラムラと淫気《いんき》を湧《わ》かせてしまった。

何しろ国許では、いずれ勘定方に就任するだろうから、そうなればまず職務を置いてまで江戸へ来る理由などなくなってしまうだろう。

「明日は早立ちでしょうから、今夜は早くゆっくりお休みになると良いです」

「ええ、ですから今どうか」

祐二郎が言うと、雪江もすぐに床《とこ》を敷き延《の》べ、気が急《せ》くように帯を解きはじめてくれた。

祐二郎も手早く全て脱ぎ去り、たちまち一糸まとわぬ姿になった雪江を横たえ、甘えるように添い寝していった。

腕枕してもらい、腋《わき》の下に鼻を埋《うず》めて腋毛に籠《こ》もる濃厚な汗の匂《にお》いに噎《む》せ返り、豊かな乳房に手を這《は》わせると、

「アア……、なんて可愛《かわい》い……」

雪江も息を弾《はず》ませて彼を胸に抱きすくめ、滑《なめ》らかな熟《う》れ肌を密着させてきた。

祐二郎は興奮に色づいた乳首にチュッと吸い付き、舌で転がしながら、もう片方の膨《ふく》らみも揉《も》みしだいた。

「ああ……、いい気持ち……」

雪江も、これが彼との最後の情交だと察し、感じ方もいつになく激しかった。

祐二郎ものしかかりながら左右の乳首を交互に含んで舐《な》め、顔中を膨らみに押し付けて豊かな感触と甘い体臭を味わった。

さらに滑らかな熟れ肌を舐め降り、臍《へそ》を舐め、張り詰めた下腹にも舌を這わせ

た。

もちろんすぐ陰戸《ほと》には向かわず、腰骨からムッチリした太腿《ふともも》、脚を舐め降りて足裏まで行った。

指の股《また》の蒸《む》れた匂いを貪《むさぼ》り、爪先《つまさき》にしゃぶり付き、両足とも存分に賞味してからうつ伏せにさせ、踵《きびす》から脹《ふく》脛《はぎ》、ヒカガミから太腿を舐め上げた。

豊かな尻の丸みをたどり、たまに軽く歯を立てて弾力を味わい、腰から背中を舐めて汗の味を堪能《たんのう》した。

「アア……」

雪江はどこに触れても敏感にビクリと反応し、顔を伏せて喘《あえ》いでいた。

肩まで行って髪の香油を嗅《か》ぎ、耳の裏側の湿り気も嗅いでから首筋をたどり、再び背中を舐め降りて尻に達した。

うつ伏せのまま股を開かせて腹這い、双丘に顔を迫らせて指で谷間を開き、キュッと閉じられた薄桃色の蕾《つぼみ》に鼻を埋め込むと、やはり秘めやかな微香が生々しく沁《し》み付いていた。

祐二郎は美女の恥ずかしい匂いを貪り、舌を這わせて濡《ぬ》らし、ヌルッと潜《もぐ》り込ませて粘膜も味わった。

「く……、駄目《だめ》……」

雪江が呻《うめ》き、キュッと肛門で舌先を締め付けながら豊かな尻をくねらせた。

充分に味わってから顔を上げ、再び雪江を仰向《あおむ》けにさせると、片方の脚をくぐって股間に顔を寄せた。

すでに割れ目は大量の淫水でヌルヌルになり、指で広げると膣口の襞《ひだ》には白っぽい粘液もまつわりついていた。

柔《やわ》らかな茂《しげ》みに鼻を擦《す》りつけ、汗とゆばりの混じった匂いで鼻腔《びこう》を満たし、舌を這わせて淡《あわ》い酸味のヌメリにまみれた膣口を掻《か》き回して、突き立ったオサネまで舐め上げていった。

「ああッ……、いい気持ち……！」

雪江が身を弓なりに反《そ》らせて喘ぎ、量感ある内腿でキュッときつく彼の両頬《りようほお》を挟《はさ》み付けてきた。

祐二郎ももがく腰を抱え込みながら、美女の体臭に噎せ返り、上の歯で包皮を剝《む》いてオサネに吸い付いた。そして舌先でチロチロと弾くようにオサネを刺激し、指も膣口に潜り込ませた。

内壁を小刻《こきざ》みに擦り、さらに内部の天井も圧迫すると、

「あうう……、い、いっちゃう……！」

雪江が切羽詰《せっぱつ》まった声で呻き、懸命に刺激を避けようと腰をよじった。

ようやく祐二郎も、待ちきれなくなったようにヌルリと指を引き抜いて彼女の股間から離れた。

そして仰向けになり、雪江の手を取って一物に導くと、すぐに彼女も自分から顔を寄せ、幹を握って先端にしゃぶり付いてきた。

彼が受け身になると、雪江も亀頭をくわえたまま股間の真ん中に陣取り、熱い鼻息で恥毛をくすぐりながら、スッポリと喉《のど》の奥まで呑《の》み込んだ。

上気した頬をキュッとすぼめて強く吸い付き、内部ではクチュクチュと舌がからみついてきた。

「ああ、気持ちいい……」

祐二郎は快感に喘ぎ、美女の口の中で唾液にまみれた一物を震わせた。

雪江も執拗《しつよう》に舌をからめては吸い、顔を上下させてスポスポと濡れた口で強烈な摩擦《まさつ》を開始してくれた。

「い、いきそう……、入れて……」

彼は充分に高まり、雪江の手を引いて言った。

雪江もスポンと口を引き離すと身を起こし、前進して一物に跨《また》がってきた。もどかしげに幹に指を添えて先端を膣口にあてがうと、息を詰めてヌルヌルッと一気に腰を沈み込ませていった。

「アァッ……！」

深々と受け入れると、雪江が顔を上向けて喘いだ。

祐二郎も肉襞の摩擦に危《あや》うく漏《も》らしてしまいそうなほどの快感を味わい、懸命に暴発を堪《こら》えた。

雪江は味わうようにキュッキュッと膣内を収縮させ、やがて身を重ねてきた。

祐二郎も抱き留め、僅《わず》かに両膝を立てて内腿や尻の感触も味わった。

「なんて、いい気持ち……」

雪江がのしかかりながら言い、すぐにも腰を遣いはじめた。

彼も両手を回してズンズンと股間を突き上げ、大量の淫水による滑らかな摩擦を味わった。

下から唇を求めると、彼女もピッタリと重ね、舌をからませてきた。

祐二郎は唇の感触と唾液のヌメリ、湿り気ある甘い花粉臭の息に酔いしれた。

「ね、唾《つば》を飲ませて、いっぱい……」

囁《ささや》くと、雪江はたっぷり唾液を出し、口移しに注《そそ》ぎ込んでくれた。

彼はうっとりと味わい、喉を潤《うるお》しながら甘美な悦《よろこ》びで胸を満たした。

「顔に、思い切り唾を吐きかけて」

「そ、そんなこと出来ないわ……」

「どうか、お願い」

言うと、雪江はためらいと興奮に、さらにヌラヌラと蜜汁を漏らしてきた。

「いいの？　こう？」

やがて彼女も言うなり形良い唇をすぼめ、白っぽく小泡の多い粘液を溜《た》めてからペッと勢いよく吐きかけてくれた。

「ああ……」

祐二郎は甘い息を顔中に受け、唾液の固まりで鼻筋を濡らされて喘いだ。唾液は生温かな匂いを放ち、頬の丸みをトロリと伝い流れた。

「アア……、私はなんてことを……」

元町人の雪江は、大それたことをしてしまった興奮に声を震わせ、唾液を拭《ぬぐ》おうと舌を這わせてきた。

「ああ、もっと……」

祐二郎は顔中に舌のヌメリを感じ、高まりながらせがんだ。

そして激しく股間を突き上げるうち、とうとう昇り詰め、かぐわしい唾液と吐息の匂いの中で大きな快感に貫かれてしまった。

「いく……！」

呻きながら、熱い大量の精汁をドクドクと勢いよく柔肉の奥に注ぐと、

「あうう、いく……、気持ちいいッ……！」

雪江も激しく気を遣《や》り、声を上ずらせながらガクンガクンと狂《くる》おしい痙攣《けいれん》を起こしはじめた。

膣内の収縮が高まり、祐二郎は心地よい摩擦快感を嚙《か》み締め、心置きなく最後の一滴まで出し尽《つ》くしていった。そして徐々に突き上げを弱めてゆき、満足して力を抜いていくと、

「アア……、良かった……」

雪江も声を洩《も》らしながらグッタリともたれかかってきた。

まだ膣内はキュッキュッと息づくように締まり、絞《しぼ》り尽くした肉棒がヒクヒクと過敏に震えた。

そして祐二郎は美女の重みと温もりを受け止め、熱く湿り気ある甘い息を間近

に嗅ぎながら、うっとりと余韻《よいん》を味わったのだった。

「これから、誰とすれば良いのかしら……」

雪江が荒《あら》い息遣いとともに呟《つぶや》き、睫毛《まつげ》を濡らして微《かす》かな嗚咽《おえつ》を洩らしはじめた。

祐二郎は呼吸を整えながら、舌先で彼女の涙を拭い、さらに雫《しずく》の溢《あふ》れる鼻の穴も舐めてやった。

美女の鼻水は、淫水そっくりの味とヌメリをしていた。

二

「まあ、祐二郎様。良く来て下さったわ」

墨田屋へ別れの挨拶《あいさつ》に行くと、梨花が出てきて言った。

もう亭主や息子、従業員たちも伊勢参りから帰ってきたらしく、店内は明日からの開店準備で大童《おおわらわ》だった。

しかも、小柄で大人しそうな婿《むこ》養子の亭主も出て来て彼に辞儀をした。

「辰三《たつぞう》と申します。うちの奴や平吉親分から聞きました。縛《しば》られているところをお助け頂き、有難《ありがと》うございました」

「いえ、助けたのは私でなく義姉《あね》です」

何度も頭を下げる辰三に言い、祐二郎も恐縮して答えた。

「じゃ、お前さん。私は祐二郎様に餞別《せんべつ》を買いにいって、ついでに少しだけでも江戸見物をして頂くからね」

梨花が歯切れ良く辰三に言い、祐二郎を促《うなが》して店を出て来た。

「じゃ、あっちへ」

彼女が言い、祐二郎を案内しながら裏道へと歩いて行った。

「梨花さん、私は餞別も要らないし、江戸見物する猶予《ゆうよ》もないのですが」

「分かってます。だから少しだけそこへ」

彼が言うと梨花が答え、裏通りにある一軒の家に入っていった。

後から入ると、初老の仲居が出てきて二階の隅《すみ》の部屋へ案内してくれた。そこには二つ枕の床が敷き延べられ、桜紙も備えられているではないか。

「ここは？」

「ええ、待合です。さあ、最後に気持ち良くさせて下さいまし」

訊《き》くと、梨花は答えながら帯を解き、てきぱきと脱ぎはじめてしまった。

確かに、もう墨田屋では出来ないし、ここなら誰も来る気遣いもない。祐二郎も淫気を全開にさせ、自分も手早く脱いでいった。

二人全裸になると、何と彼を仰向けにさせ、梨花がいきなり一物にしゃぶり付いてきたのだ。

「アア……」

祐二郎は唐突な快感と、梨花の大胆さに興奮を高めた。

梨花は喉の奥までスッポリ呑み込み、熱い息を籠もらせながら頬をすぼめて吸い、クチュクチュと舌をからめてきた。

しかし巧《たく》みに彼が漏らさないうちスポンと口を離し、ふぐりに舌を這い回らせた。

二つの睾丸を舌で転がし、袋全体を生温かな唾液にまみれさせると、さらに彼の両脚を浮かせ、肛門まで舐めてくれた。

「あう……」

ヌルッと舌が潜り込むと、祐二郎は呻きながらキュッと肛門を締め付けた。

しかし昼前に雪江としたあと水を浴びたから、どこも綺麗になっているはずだ。

梨花が内部でクネクネと舌を蠢《うごめ》かせると、一物が内側から刺激されるようにヒクヒクと上下した。

そして梨花が舌を離し、脚を下ろしながら再び一物を含んできたので、

「こ、今度は私が……」

祐二郎は言って身を起こし、入れ替わりに梨花を仰向けにさせた。

そして彼女の足裏から舐め、指の股の蒸れた匂いを嗅いでから爪先をしゃぶり、両足とも味わった。

「あうう……、そんなところから……」

梨花も呆《あき》れたように呻いて言い、それでも身を投げ出して好きにさせてくれた。

やがて股を開かせ、脚の内側を舐め上げて股間に迫ると、まずは彼女の両脚を浮かせ、白く豊満な尻の谷間に顔を埋め込んだ。

艶《なま》めかしい蕾に鼻を埋め、汗の匂いに混じった微香を嗅いでから、舌先でくすぐるようにチロチロと舐めて襞を濡らし、自分がされたようにヌルッと潜り込ませて粘膜を味わった。

「く……」

梨花も心地よさそうに呻き、モグモグと肛門を締め付けた。

そして彼は充分に味わってから舌を引き離し、脚を下ろしながら割れ目に迫っていった。

すでに陰戸はヌメヌメと大量の淫水にまみれ、白くムッチリとした内腿の間に熱気と湿り気を濃厚に籠もらせていた。

柔らかな茂みに鼻を埋め込むと、甘ったるい汗の匂いが生ぬるく沁《し》み付き、ゆばりの匂いも悩ましく鼻腔を刺激してきた。

祐二郎は美女の体臭に噎せ返りながら舌を這わせ、淡い酸味のヌメリを味わい、膣口からオサネまで舐め上げていった。

「アアッ……、いい気持ち……！」

梨花がヒクヒクと白い下腹を波打たせて喘ぎ、内腿で彼の顔を挟み付けてきた。

祐二郎は舌先で弾くようにオサネを舐めて刺激しては、新たにトロトロと溢れる淫水をすすった。

「い、入れて……、すぐいきそう……」

梨花も、早々に降参して声を上ずらせた。

　あまり長く店を空けているのも気が引けるのか、あるいは久々に亭主の顔を見たから背徳感が増し、急激に高まってしまったのかも知れない。

　祐二郎も、最も江戸育ちらしかった梨花の味と匂いを記憶に刻《きざ》みつけ、身を起こしていった。

　梨花は仰向けのまま大股開きになり、受け入れの体勢を取ったので、彼も本手《ほんて》（正常位）で股間を進めていった。

　幹に指を添えて先端を濡れた陰戸に押し付け、位置を定めてゆっくり挿入した。

　たちまち、急角度に反り返った一物は、雁首《かりくび》で天井を擦りながらヌルヌルッと滑らかに根元まで潜り込んだ。

「ああッ……、いいわ……！」

　梨花が熱く喘いで言い、キュッときつく締め付けてきた。

　祐二郎も股間を密着させて身を重ね、まだ動かずに温もりと感触を味わい、屈《かが》み込んで乳首に吸い付いた。

　舌で転がしながら顔中を柔らかな膨らみに押し付け、もう片方も愛撫《あいぶ》してから、腋の下にも鼻を潜り込ませた。腋毛に籠もる甘ったるい濃厚な汗の匂いに噎せ返り、徐々に腰を遣いはじめた。

「あうう……、奥まで感じる……！」

梨花が顔を仰《の》け反らせて呻き、下からもズンズンと股間を突き上げてきた。

濡れた肉襞の摩擦とともにヌメリが増し、律動が滑らかになっていった。ピチャクチャと淫《みだ》らな音がするたび、新たに溢れた淫水が揺れてぶつかるふぐりまでネットリと生ぬるく濡らした。

祐二郎もジワジワと絶頂を迫らせ、動きを速めていった。

そして上からピッタリと唇を重ね、熱く湿り気ある白粉《おしろい》臭の息を嗅ぎながら舌をからめると、

「ンンッ……！」

梨花も両手でしがみつきながら呻き、チュッと強く彼の舌に吸い付いてきた。

いつもとは逆に、彼は唾液をクチュッと注いでやると、

「美味《おい》しい、もっと……」

彼女が息を弾ませてせがんできた。祐二郎も懸命に唾液を垂《た》らして舌をからめ、股間をぶつけるように突き動かし続けた。

「い、いっちゃう……、アアーッ……！」

たちまち梨花が気を遣り、声を上ずらせながら狂おしく腰を跳《は》ね上げ、祐二郎は暴れ馬にしがみつく思いでガクガクと上下した。

そして収縮する膣内に巻き込まれ、続いて祐二郎も昇り詰め、大きな快感とともに熱い大量の精汁をドクンドクンと勢いよく内部にほとばしらせてしまった。

「あうう……、感じる……」

噴出を感じた梨花が呻き、さらにキュッときつく締め付けてきた。

祐二郎は快感を噛み締めながら、最後の一滴まで出し尽くしていった。

満足しながら動きを弱めていくと、

「ああ……、良かった……」

梨花も満足げに声を洩らし、熟れ肌の強《こわ》ばりを解いていった。

彼も完全に動きを止め、深々と挿入したまま梨花に体重を預けて力を抜いた。

膣内の収縮も続き、彼は何度も一物をしゃくり上げるように動かして幹を震わせ、ヒクヒクと刺激に反応した。

そして喘ぐ口に鼻を押し込み、お歯黒の金臭い匂いの混じる甘い息を嗅ぎ、うっとりと快感の余韻を噛み締めたのだった。

「何だか、不思議なご縁でした……」

梨花が、呼吸を整えながら言う。

「ええ……」

「お武家は大嫌いだったのに、祐二郎様だけは別です」

「そんな、まだ、ただの小僧ですので」

祐二郎は言い、そろそろと股間を引き離して添い寝していった。

「お咲を、どうか幸せにしてあげて下さいね」

「ええ、もちろんです。約束します」

祐二郎は答え、やがて梨花が身を起こして桜紙で陰戸を拭い清め、一物に屈み込んできた。

そして淫水と精汁にまみれた亀頭にしゃぶり付き、念入りに舌を這わせて丁寧《ていねい》に清めてくれたのだった……。

三

「結局、私は父の敵《かたき》を討ったということになり、しかも女将《おかみ》とお咲を助けたという褒賞まで付いてしまった」

貴枝が祐二郎に、奉行所での報告をしてきた。

「そうですか。それはそれで良かったではないですか。相手も丸腰だったわけではなし、危うい二人を救ったのですから」

「ああ、良くも悪くも、どちらにしろこの始末を抱えて帰るだけなのだが」

貴枝が嘆息《たんそく》して言う。

彼女も祐二郎も、源之介の不運な死に翻弄《ほんろう》され、江戸まで来ることになったが、得たのは多くの快楽だけだったような気がした。

やがて、その日は夕餉《ゆうげ》を済ませると各部屋へと引き上げ、明朝に備え大人しく寝ることにした。

祐二郎も、何やら初めて何事もない夜を迎えたような気がし、朝までぐっすり眠ったのであった……。


——翌朝、祐二郎は明け七つ（午前四時頃）に目を覚ました。

（江戸ともお別れか……）

思いながら布団《ふとん》を畳《たた》み、勝手口へでて顔を洗い、房楊枝《ふさようじ》で歯を磨《みが》いた。

貴枝や咲も起き出し、皆で朝餉を済ませると、昼餉用の握り飯も厨《くりや》で用意してもらった。

そして祐二郎と貴枝は身繕《みづくろ》いを整え、江戸家老と世話になった雪江に挨拶をし、咲と三人で明け六つ半（午前七時頃）には藩邸を出た。

日本橋から北へ街道を進み、本郷追分を越えて川口で昼餉、一休みしてから鳩ケ谷を越えた。

貴枝一人なら一日で岩槻まで行き着くだろうが、ひ弱な祐二郎と、まして咲もいるから、途中で一泊することにした。

「そうだ。来るときは不覚にも熱を出して厄介《やっかい》をかけたのだったな」

貴枝が言い、やがて日が傾《かたむ》く頃に三人は大門の宿で旅籠《はたご》に入った。

幸い、湯殿付きの離れが空いていたので、三人は足も洗ってもらわず直《じか》に離れへと入っていった。

大小と荷を置き、宿の浴衣《ゆかた》に着替えた頃に釣瓶《つるべ》落《お》としの日が没し、夕餉の膳が運ばれてきた。

もちろん藩の命で旅をしているので、酒などは頼まない。

麦飯に干物と煮物、漬け物と吸物で食事を終えると、女中が膳を下げに来て、すぐ床を敷き延べてくれた。

あとは淫気を解放するばかりだ。

祐二郎はすっかりその気になり、むろん貴枝も淫気を湧かせているだろうし、咲も二人に従う姿勢を見せていた。

「では、失礼して先に身体《からだ》を流してきますので」

「義姉より先に湯を使うというのか」

「はい。だって、せっかく付いた匂いですので、どうか味わい尽くすまで、今しばらく我慢して下さいませ」

祐二郎は言い、自分だけ縁側から下り、離れ専用の湯殿に入ってしまった。

貴枝も、彼が自然のままの匂いを好み、その方が燃えることを知っているので、不満を口にしながらも我慢してくれた。

全裸になって簀《す》の子《こ》に屈《かが》み込み、手桶《ておけ》に汲《く》んだ湯で股間と身体を流してから湯に浸《つ》かった。

葦簀《よしず》の張られた露天風呂で、思いがけなく情緒ある良い雰囲気だった。

やがて隅々まで身体を洗い流して口をすすぎ、こっそり隅で放尿も終えると、身体を拭いて部屋に戻った。

すると、すでに貴枝も咲も全裸になり、彼の戻るのを布団に横になって待っていてくれた。

「さあ、どうされたい」

「それは、足の裏から味わいたいです」

「この痴《し》れ者が……」

彼の言葉に貴枝が言い、やがて祐二郎は布団に仰向けになった。

すると貴枝と咲が身を起こし、彼の顔の左右に立って見下ろしてきた。

「こうか」

貴枝が言って片方の足を浮かせ、彼の顔に乗せてきた。そして咲も促され、恐る恐る同じようにした。

「ああ……」

祐二郎は、顔中に二人分の足裏を感じ、うっとりと喘いだ。

二人の足裏に舌を這わせながら、薄目で見上げると、真上では全裸の貴枝と咲が身体を支え合っていた。

それぞれの指の間に鼻を割り込ませて嗅ぐと、二人ともさすがに歩きづめだったので、汗と脂《あぶら》に湿ってムレムレの匂いを濃く籠もらせていた。

貴枝は相変わらず大きく頑丈な足裏で、咲の方も意外に丈夫で肉刺《まめ》ひとつ見当たらなかった。

混じり合って蒸れた匂いを存分に嗅ぎ、爪先にしゃぶり付き、全ての指の股を舐め回すと、二人も良い頃合いで足を交代してくれた。祐二郎は、そちらも新鮮で濃厚な味と匂いを心ゆくまで貪ったのだった。

やがて、先に貴枝が彼の顔に跨がり、ゆっくりとしゃがみ込んできた。逞《たくま》しく長い脚が折れ曲がってムッチリと張り詰め、股間が彼の鼻先にまで一気に迫った。

貴枝も、相当に興奮を高めていたようで、陰戸はヌメヌメと大量の淫水に潤っていた。やはり藩邸と違い、旅の空はまた解放感も格別で、かなり期待に淫気が増しているようだ。

熱気を顔中に受けながら、祐二郎は貴枝の茂みに鼻を埋め込み、甘ったるい濃厚な汗の匂いを嗅ぎながら舌を這わせた。

ゆばりの匂いも悩ましく入り交じり、膣口の襞はネットリとした淡い酸味の蜜汁にまみれていた。

息づく膣口の襞を掻き回し、大きなオサネまで舐め上げていくと、

「アアッ……、気持ちいい……」

貴枝が熱く喘ぎ、思わずギュッと彼の顔に股間を押しつけてきた。

祐二郎は執拗にオサネを舐め回しては吸い付き、溢れる淫水をすすった。さらに尻の真下に潜り込み、谷間の蕾に鼻を埋め込み、生々しい匂いを貪ってから舌を這わせていった。

チロチロと舐めて濡らしてからヌルッと潜り込ませると、滑らかな粘膜は甘苦いような微妙な味覚があり、キュッと肛門が舌先を締め付けてきた。

「も、もういい……」

貴枝が言って股間を引き離し、すぐに咲を跨がらせた。

咲も妖《あや》しい雰囲気に呑まれたように、ためらいなく同じように彼の顔にしゃがみ込んできた。

清らかな陰戸が迫り、しかし蜜汁が溢れて陰唇の内側がヌメヌメと潤っていた。

腰を抱えて引き寄せ、若草に鼻を埋めると、やはり汗とゆばりの匂いが濃厚に籠もり、祐二郎は何度も深呼吸して美少女の体臭で胸を満たした。

舌を這わせると、やはり淡い酸味のヌメリが迎え、彼は膣口から小粒のオサネまで舐め上げていった。

「あん……」

咲が可憐《かれん》な声で喘ぎ、ヒクヒクと膣口を息づかせた。

もちろん尻の真下にも潜り込み、顔中にひんやりした双丘を受け止めながら谷間の蕾に鼻を埋め込んで嗅いだ。

ここのところ食べ物が同じせいなのか、貴枝と似た匂いが沁み付き、祐二郎は美少女の恥ずかしい匂いを貪ってから舌を這わせた。

ヒクヒクと収縮する蕾を舐めて濡らし、ヌルッと潜り込ませると、

「く……」

咲が呻き、キュッと肛門で舌先を締め付けてきた。

やがて祐二郎は充分に内部で舌を蠢かせてから、再び可憐な陰戸に戻ってオサネに吸い付いた。

そして二人の前も後ろも味わい尽くすと、貴枝が咲の身体を横たえ、二人して左右から祐二郎の乳首に吸い付いてきた。

「ああ……」

彼は、二倍の快感に喘ぎ、クネクネと身悶えた。左右の乳首がそれぞれの舌に翻弄され、チュッと吸われ、熱い息が肌をくすぐった。

「嚙んで……」

言うと、二人はそれぞれの乳首にキュッキュッと歯を立て、甘美な刺激を与えてきてくれた。

さらに脇腹にも歯を食い込ませ、舌を這わせて二人は彼の肌を下降していった。

貴枝が移動すると、咲も真似《まね》して同じようにし、やがて二人は交互に彼の臍を舐めて腰から太腿をたどっていった。

脚を舐め降りると、何と二人は同時に彼の足裏に舌を這わせ、爪先にもしゃぶり付き、指の股に舌を挿し入れてきたのである。

「あう……、そ、そのようなこと、いけません……」

祐二郎は、申し訳ないような快感に呻いた。自分がする分には良いが、されるのは何か抵抗があるのだ。

それでも妖しい快感には違いなく、彼は生温かな泥濘《ぬかるみ》でも踏む思いで、唾液に濡れた指でそれぞれの舌を挟み付けたのだった。

さらに貴枝は彼の足首を摑んで浮かせると、足裏に乳房を押し付け、咲も真似して同じようにしてきたのである。

四

「アア……、気持ちいい……」

祐二郎は、両足で美女と美少女の乳房を踏む思いで喘いだ。柔らかな感触と温もりが両の足裏に伝わり、コリコリする乳首も土踏まずに感じられた。

貴枝は充分に乳房を足裏に擦りつけてから、彼を大股開きにさせ、咲と一緒に脚の内側を舐め上げてきた。

もちろん舌だけでなく、内腿にはキュッと歯も食い込んできた。

「く……！」

祐二郎は甘美な痛みと快感に呻き、徐々に近づいてくる二人の唇にゾクゾクと胸を高鳴らせた。

やがて貴枝が彼の脚を浮かせ、襁褓《おしめ》でも替えるような格好にさせると、二人で左右の尻の丸みを舐め、キュッと歯を立て、さらに貴枝が先にチロチロと肛門を舐めはじめた。

唾液に濡らすと舌先がヌルッと潜り込み、内部で蠢いた。

「ああッ……、義姉上……」

祐二郎は妖しい快感に喘ぎ、モグモグと肛門で貴枝の舌を締め付けた。

やがてヌルッと引き抜かれると、すかさず咲が舐め回し、また舌先を浅く侵入させてきた。

微妙に異なる感触と温もりを感じ、屹立《きつりつ》した一物は内側から操《あやつ》られるように、舌の蠢きに合わせてヒクヒクと上下した。

ようやく咲が舌を引き抜くと脚が下ろされ、二人は頬を寄せ合ってふぐりにしゃぶり付いてきた。

それぞれの睾丸を舌で転がしては優しく吸い、股間に熱い息が混じり合った。

「アア……」

これも、実に妖しく贅沢《ぜいたく》な快感であった。

袋全体が二人分の唾液に生温かくまみれると、二人の舌は、いよいよ肉棒の裏側と側面を這い上がり、同時に亀頭に達してきた。

粘液の滲《にじ》む鈴口が交互に舐められ、亀頭も代わる代わる含まれて吸い付かれた。

「い、いきそう……」

祐二郎が弱音を吐いても、二人は強烈な愛撫を止めなかった。どうやら一度目は口に受けてくれるつもりらしい。

それならばと、祐二郎も我慢せず快感に身を委《ゆだ》ねることにした。

貴枝が喉の奥まで深々と呑み込み、頬をすぼめてチューッと吸い付きながらスポンと引き離すと、すかさず咲も同じようにした。

これも二人の口の中の温もりや感触が微妙に違い、それぞれに大きな快感をもたらしてくれた。

果ては二人が同時に亀頭にしゃぶり付いては吸い付き、一物は混じり合った唾液でヌルヌルにまみれた。

何やら一本の千歳飴《ちとせあめ》をしゃぶる姉妹の間に、彼が割り込んだようだった。

「い、いく……、アアッ……！」

たちまち大きな絶頂の快感に貫かれ、祐二郎は声を上げながら勢いよく射精してしまった。

貴枝が第一撃を受け止めて飲み下し、余りを咲に託した。

咲も笑窪《えくぼ》を浮かべながら亀頭に吸い付いて、ドクドクと噴出する精汁を受け止め、喉に流し込んでくれた。

「あうう……」

出し切っても、二人は交互に亀頭を吸い、雫の滲む鈴口を執拗に舐め回し、祐二郎は腰をよじって呻いた。

「も、もう……」

降参するように言うと、ようやく二人も舌を引っ込めて顔を上げてくれた。

精汁は一滴もこぼれておらず、二人がかりで完全に綺麗にしてくれたようだった。

彼はハアハア喘ぎながらグッタリと身を投げ出し、激しかった快感の余韻に浸り込んでいった。

「さあ、もう充分に舐めたから、風呂に入って良いな？」

「ま、待って、少しだけ……」

貴枝が言うので、祐二郎は力を振り絞って二人を引き寄せた。そして乳首を順々に吸ってから、それぞれの腋の下に鼻を埋め込み、腋毛に籠もった濃厚に甘ったるい汗の匂いを貪った。

生ぬるい匂いの刺激が胸から股間に伝わり、たちまち肉棒がムクムクと雄々《おお》しく回復していった。

「もう良かろう。早く流したいのだ」

貴枝が身を離し、咲と一緒に縁から下りて露天風呂に行ってしまった。

祐二郎は横になったまま、ぼんやりと二人の裸体を見ながら呼吸を整えた。せっかくの体臭が消えていってしまうが仕方がない。

それに国許へ帰っても、ずっと三人で暮らすのである。

今後とも長く暮らせば、颯爽《さっそう》たる男装の義姉や、可憐な新妻に飽きてしまうときが来るのかも知れないが、今はとにかく、彼は贅沢な幸福を心ゆくまで味わおうと思っていた。

やがて二人が身体を洗い終えて湯に浸かり、上がってくる頃に祐二郎も起きて風呂場に行った。

「ね、このように……」

彼は簀の子に座って言い、二人を左右に立たせた。そしてそれぞれの肩を跨がせ、股間を顔に向けてもらった。

「ゆばりを出して」

勃起しながら言うと、二人も興奮に包まれているせいか、ためらいなく下腹に力を入れて尿意を高めはじめてくれた。

左右に顔を向け、湯に濡れた茂みに鼻を埋めて嗅いだが、やはり濃厚だった匂いが薄れてしまっていた。それでも割れ目を舐めると新たな淫水が湧き出して、ヌラヌラと舌の動きを滑らかにさせた。

「アア……、出る……」

貴枝が息を詰めて言うと、咲も後れを取るまいと必死に力みはじめたようだ。

やがて貴枝の柔肉が盛り上がり、すぐにもチョロチョロと温かな流れが勢いよく放たれてきた。

それを口に受け止め、味わいながら喉に流し込んだ。

旅で汗を流したせいか、味と匂いは濃く、肌を伝い流れながらも悩ましい香りが立ち昇った。

「あん……、出ます……」

咲もか細く言い、間もなくゆるゆると放尿をはじめた。

そちらも口に受けると、咲も味と匂いが濃かった。

祐二郎は興奮に胸を高鳴らせながら、それぞれの流れを味わい、身体中に浴びて回復した一物を温かく浸してもらった。

やがて二人とも流れを治めると、彼は二人の割れ目を交互に舐め回し、余りの雫をすった。

「アア……」

二人はオサネを舐められて喘ぎ、新たな蜜汁を溢れさせていった。

ようやく身を離すと、三人でもう一度全身を洗い流し、身体を拭いてから部屋へと戻った。

もちろんまだ寝るわけではない。彼はすっかり回復しているし、二人ともまだ挿入されていないのだ。

「少しだけ、女同士でしたい」

貴枝が言い、咲と布団に横たわった。

そして互いの乳首を舐め合い、さらに女同士の二つ巴《どもえ》で、相手の内腿を枕にして陰戸に顔を埋め込んでいった。

「ンンッ……！」

最も敏感な部分を吸い合い、二人はそれぞれの股間に熱い息を籠もらせた。

見ながら祐二郎は、さっきの射精など無かったかのようにゾクゾクと興奮を高め、痛いほど勃起させてしまった。

湯上がりなのに、室内には二人分の女の匂いが甘ったるく籠もってきた。

それぞれの股間では、ピチャピチャと舌の蠢く音がし、二人が充分すぎるほど濡れているのが分かった。

やがてすっかり高まったのだろう、二人はゆっくりと離れ、貴枝が仰向けになって股を開いた。

「入れて。私が先に……」

言われて、祐二郎もすっかり身体と心の準備を整えて身を寄せていった。

そして本手（正常位）で股間を進め、淫水と咲の唾液に充分に潤っている割れ目に先端を擦りつけた。

位置を定めて、ゆっくりと膣口に押し込むと、ヌルヌルッと滑らかな肉襞の摩擦が幹を包み込んだ。そのまま祐二郎は根元まで押し込んで股間を密着させ、身を重ねていったのだった。

五

「アアッ……、なんて気持ちいい……！」

貴枝が身を反らせて喘ぎ、のしかかった祐二郎を両手で抱き留めた。

彼も頑丈な貴枝に遠慮なく体重を預け、温もりと感触を噛み締めた。すると貴枝が待ちきれないようにズンズンと股間を突き上げてきた。

隣では咲が順番を待っているので、祐二郎も貴枝では漏らさずに堪えるつもりで、徐々に腰を遣いはじめた。

幸い、貴枝はすっかり高まり、すぐにも気を遣りそうな勢いだった。

「あうう……、もっと突いて、強く奥まで、乱暴に……」

貴枝が熱く喘ぎ、彼の背に爪まで立てて激しく腰を跳ね上げた。

膣内の収縮と締め付けも活発になり、粗相《そそう》したように溢れる淫水がクチュクチュと摩擦音を響かせ、互いの動きを滑らかにさせた。

祐二郎も次第に激しく股間をぶつけたが、辛《かろ》うじて暴発は免《まぬか》れそうだった。

たちまち、貴枝がガクガクと狂おしい痙攣を開始した。

「い、いく……、アアーッ……！」

彼女が反り返って声を上げ、あっという間に気を遣ってしまった。

祐二郎も、膣内の収縮に巻き込まれまいと奥歯を噛み締め、懸命に律動を繰り返すと、やがて貴枝も力尽きたようにグッタリとなっていった。

「も、もう堪忍《かんにん》……、変になりそう……」

さすがの貴枝も降参するように声を洩らし、祐二郎も動きを止めた。そして身を起こし、ゆっくりヌルッと引き抜くと、

「あう……！」

貴枝も過敏に反応して呻き、ゴロリと横向きになって身体を縮《ちぢ》め、荒い呼吸を繰り返した。

祐二郎は仰向けになり、傍らの咲を上に乗せた。

彼女も素直に跨がり、貴枝の淫水にまみれて湯気を立たせる先端に陰戸を押し付けてきた。

そのまま息を詰めて腰を沈み込ませると、張りつめた亀頭が潜り込み、あとはヌルヌルッと滑らかに根元まで呑み込まれていった。

「アアッ……！」

咲が顔を仰け反らせて喘ぎ、ぺたりと座り込んできた。

祐二郎も、貴枝より狭い膣内に締め付けられ、熱いほどの温もりを感じながらヒクヒクと幹を震わせた。

両手を伸ばして抱き寄せると、咲もゆっくり身を重ね、肌を密着させてきた。

胸に柔らかな乳房が押し付けられて弾み、コリコリする恥骨の膨らみも心地よ

く下腹部に伝わってきた。

小刻みに股間を突き上げると、

「あん……」

咲も可憐に声を洩らし、合わせて腰を遣ってきた。もう痛みもないようで、新たな淫水もたっぷり溢れて動きが滑らかになっていった。

祐二郎も徐々に勢いを付けて摩擦快感を味わいながら、美少女の顔を引き寄せて喘ぐ口に鼻を押しつけ、生温かく甘酸《あまず》っぱい息の匂いを胸いっぱいに嗅いでうっとりと鼻腔を湿らせた。

すると、今まで余韻に浸《ひた》っていた貴枝も横から肌を密着させ、顔を割り込ませてきたのだった。

祐二郎は、貴枝の顔も引き寄せ、それぞれの口に鼻を押し当てて息を嗅いだ。

「いい匂い……」

彼は胸を満たし、悩ましい匂いに酔いしれて声を洩らした。

咲の口から吐き出される果実臭は可愛らしく、貴枝は甘い刺激を含んだ花粉臭で、それが鼻腔の奥で入り混じると、何とも胸の奥が溶けてしまいそうな芳香になって全身に沁み込んできた。

そして三人で唇を重ねて舌をからめ、祐二郎はそれぞれ滑らかに蠢く舌を味わい、二人分の唾液を堪能した。

「もっと唾を出して……」

せがむと、二人とも懸命に唾液を分泌《ぶんぴつ》させ、トロトロと大量に彼の口に吐き出してくれた。祐二郎は口の中で混じり合う小泡の多い粘液を二人分味わい、うっとりと飲み込んだ。

甘美な悦びが胸に広がり、さらに彼は股間をズンズンと勢いよく突き上げながら、二人の口に顔中を擦りつけた。

すると二人も厭《いと》わず舌を這わせ、彼の鼻の穴から頬、耳の穴まで舐め回し、生温かく清らかな唾液で顔中ヌルヌルにさせてくれた。

もう堪らず、祐二郎は二人の唾液と吐息だけで昇り詰めてしまった。

「く……！」

突き上がる大きな絶頂の快感に呻き、激しく股間を突き上げて摩擦快感を味わい、ありったけの熱い精汁を勢いよくほとばしらせた。

「アアッ……、き、気持ちいいッ……！」

すると咲が口を離し、淫らに唾液の糸を引きながら声を上ずらせた。

同時に、ガクンガクンと狂おしい痙攣を起こし、膣内の収縮も最高潮にさせたのだった。

どうやら、完全に気を遣ったようだ。

その絶頂を悦び、快感が伝染したように貴枝もヒクヒクと肌を震わせて喘いだ。

祐二郎は、二人の温もりと匂いを感じながら、心置きなく最後の一滴まで出し尽くしていった。

やがて満足しながら突き上げを弱めていくと、

「ああ……」

咲も、大きな快感に戦《おのの》くように声を震わせ、肌の強ばりを解いてグッタリともたれかかってきた。祐二郎は美少女の重みと温もりを受け止め、まだ収縮する内部で幹を震わせた。

そして彼は咲と貴枝の顔を引き寄せ、混じり合ったかぐわしい息を胸いっぱいに嗅ぎながら、うっとりと快感の余韻を嚙み締めたのだった。

「咲、これからも祐二郎に触れて良いか……」

貴枝が囁くと、咲は彼に重なりながら小さくこっくりした。

そして呼吸を整えると身を離し、もう一度三人で身体を流してから寝巻を着て、ようやく旅と情交の疲れから、ぐっすり眠り込んだのであった……。

――翌朝、朝餉を済ませると三人で大門の宿を出て北へ向かった。

むろん疲れなどはなく、やがて昼過ぎには三人とも生まれ育った岩槻の領内へと入ったのだった。

数日ぶりなのにやけに懐かしく、江戸で過ごして経験した数々が夢まぼろしのように思えたものだった。

吉井家の屋敷に戻ると、すでに源之介の葬儀一切は親戚たちにより済んでいたので貴枝と祐二郎は旅の荷を解いた。まだ四十九日も経っていないため、仏間には骨壺《こつつぼ》があり、三人で線香を上げた。そして咲に留守番をさせ、祐二郎と貴枝は正装して登城し、国家老に目通りをしてことの仔細《しさい》を報告した。

「ご苦労だった」

すでに手紙で事情を知っていた家老も、形ばかり答えて二人の労をねぎらい、これにて勘定方吉井源之介の死の始末は全て終わったのである。

代理を頼んだ勘定方には、引き続き職務を任せ、その間に祐二郎が役職の勉強をすることになった。

そして貴枝の口添えもあり、勘定方の上士に祐二郎と咲の婚儀の件も相談し、いったん養女にしてもらう話も滞《とどこお》りなく進んだのである。

城を出ると屋敷へ戻り、裃《かみしも》を脱ぐと、今度は咲を連れて、彼女が勤めていた料亭へ挨拶に出向いた。そこで清次の死や経緯《いきさつ》を主人に話し、このまま咲も仕事を辞めることを確認してもらった。

料亭を出ると、貴枝は道場へ報告に行くと言うので、祐二郎は咲と一緒に自分の実家へ寄った。

そこで江戸での首尾を親や兄に話し、咲を妻にすることも報告した。

みな驚いたが、咲の美貌《びぼう》と淑《しと》やかさに一目で気に入ってもらえ、喜んでもらえたのだった。

「では、仔細は後日。今日はこれにて失礼致します」

祐二郎は言い、咲と一緒に辞儀をして実家を出ると、屋敷へと戻っていった。

まだ貴枝は戻っていなかった。恐らく、江戸での武勇伝などを門弟たちにせがまれているのだろう。

「さあ、婚儀は喪《も》があけてからだが、今日からここで暮らすんだぞ」

「はい……」

祐二郎が言うと、咲は羞《は》じらいながら小さく答えた。

「でも、私で大丈夫でしょうか……」

「ああ、武家の仕来《しきた》りなどろくに無い。あの義姉上のように、男のようでも勤まるのだし、どうせ三人きりだから気楽に過ごしてくれれば良い」

祐二郎は言い、咲もすっかり決心したように頷《うなず》いた。

「明日、親の墓参りに行きたいのですが」

「ああ、私も一緒に行こう」

祐二郎は言い、近々妻となる咲を抱き寄せた。

思えば、実に目まぐるしく慌《あわ》ただしい日々であった。養子に入った途端に父が死に、恐かった貴枝と懇《ねんご》ろになってしまい、江戸での数日では後家や新造《しんぞ》とも快楽を分かち合い、そして清次の死とともに帰参。

僅か数日だが、何ヶ月もの密度が感じられた。

そして祐二郎はそっと咲に唇を重ね、新鮮な桃のような頬を見つめ、柔らかな感触と甘酸っぱい息の匂いに酔いしれた。

何やら源之介が、全て丸く収めるように、この咲に手を出そうとしたのではないかとさえ思えた。
舌をからめると、咲も甘えるようにうっとりと彼にもたれかかってきたのだった。

一〇〇字書評

とろけ桃

切り取り線

購買動機（新聞、雑誌名を記入するか、あるいは○をつけてください）

□（　　　　　　　　　　　　　　　）の広告を見て
□（　　　　　　　　　　　　　　　）の書評を見て
□ 知人のすすめで　　　□ タイトルに惹かれて
□ カバーが良かったから　　　□ 内容が面白そうだから
□ 好きな作家だから　　　□ 好きな分野の本だから

・最近、最も感銘を受けた作品名をお書き下さい

・あなたのお好きな作家名をお書き下さい

・その他、ご要望がありましたらお書き下さい

住所	〒				
氏名		職業		年齢	
Eメール	※携帯には配信できません	新刊情報等のメール配信を 希望する・しない			

この本の感想を、編集部までお寄せいただけたらありがたく存じます。今後の企画の参考にさせていただきます。Eメールでも結構です。

いただいた「一〇〇字書評」は、新聞・雑誌等に紹介させていただくことがあります。その場合はお礼として特製図書カードを差し上げます。

前ページの原稿用紙に書評をお書きの上、切り取り、左記までお送り下さい。宛先の住所は不要です。

なお、ご記入いただいたお名前、ご住所等は、書評紹介の事前了解、謝礼のお届けのためだけに利用し、そのほかの目的のために利用することはありません。

〒一〇一‐八七〇一
祥伝社文庫編集長　坂口芳和
電話　〇三（三二六五）二〇八〇

祥伝社ホームページの「ブックレビュー」からも、書き込めます。
http://www.shodensha.co.jp/bookreview/

祥伝社文庫

とろけ桃《もも》

平成27年10月20日　初版第1刷発行

著　者　睦月影郎《むつきかげろう》
発行者　竹内和芳
発行所　祥伝社《しょうでんしゃ》
東京都千代田区神田神保町3-3
〒101-8701
電話　03（3265）2081（販売部）
電話　03（3265）2080（編集部）
電話　03（3265）3622（業務部）
http://www.shodensha.co.jp/

印刷所　萩原印刷
製本所　ナショナル製本
カバーフォーマットデザイン　中原達治

Printed in Japan ©2015, Kagerou Mutsuki ISBN978-4-396-34158-9 C0193

祥伝社文庫　今月の新刊

内田康夫
汚れちまった道　上・下
中原中也の詩の謎とは？　萩・防府・長門を浅見が駆ける。

南　英男
癒着《ゆちやく》　遊軍刑事《デカ》・三上謙《みかみけん》
政財界拉致事件とジャーナリスト殺しの接点とは⁉

草凪　優／櫻木　充　他
私にすべてを、捧げなさい。
女の魔性が、魅惑の渦へと引きずりこむ官能アンソロジー。

鳥羽　亮
阿修羅《あしゅら》　首斬り雲十郎
刺客の得物は鎖鎌。届かぬ〝間合い〟に、どうする雲十郎！

野口　卓
遊び奉行　軍鶏《しやも》侍外伝
南国・園瀬藩の危機に立ちむかった若様の八面六臂の活躍！

睦月影郎
とろけ桃
全てが正反対の義姉。熱に浮かされたとき、悪戯したら…。

辻堂　魁
秋しぐれ　風の市兵衛
再会した娘が子を宿していることを知った元関脇の父は…。

佐伯泰英
完本　密命　巻之七　初陣　霜夜炎返《そうやほむらがえ》し
享保の上覧剣術大試合、開催！　生死を賭けた倅の覚悟とは。